紫色裙子的女人

今村夏子

suncolor
三采文化

紫色裙子的女人

我家那一帶有個人稱「紫色裙子的女人」，每天都穿著紫色的裙子，所以大家就這麼叫她。

一開始我以為紫色裙子的女人還很年輕，可能是因為她身材嬌小，加上一頭垂下的及肩黑髮吧。遠一點看，可能還會以為她是個國中生，但只要靠近一點，就會發現她絕對已經不年輕了。

兩頰上斑斑點點，留到肩膀處的黑髮也缺乏光澤、毛糙乾枯。紫色裙子的女人會以每週一次的頻率去商店街的麵包店買麵包，每次我總是假裝自己也正在挑麵包，從旁觀察。每次一觀察她，就覺得她好像某個人，噢，到底是誰呢？

我家附近的公園裡，甚至有張長椅被稱為「紫色裙子女人的專屬座位」，就是並排在公園南側那三張長椅裡最裡頭的那張。

某一個日子，紫色裙子的女人去麵包店買了一個奶油麵包，穿過商店街，走向了公園。時刻是下午三時方過，種植在公園裡的青剛櫟為紫色裙子的女人撐起了一片涼蔭。紫色裙子的女人在長椅正中央坐下，吃起剛買來的麵包。她張開左手，像個托盤似地免得裡頭的奶油餡掉下，又看了好一會兒上頭裝飾了杏仁片的地方，才一口咬下。尤其最後一口，她會特別花時間細嚼慢嚥。

看見她那個樣子，我覺得紫色裙子的女人跟我姊有點像。當然，我知道她們是完全不同的兩個人，畢竟臉長得完全不一樣。

我姊也跟紫色裙子的女人一樣，是那種最後一口一定會特別細嚼慢嚥的類型。她是個永遠吵不贏我這妹妹的很文靜的人，可是就是對於食物的執念比平常人強一倍。她最喜歡吃的是布丁，每次都會把殘留在容器底下的焦糖，用湯匙舀起來一直看、一直看，一看就是一、二十分鐘。

有一次我說「妳不吃的話就給我」，從旁邊一口吃掉，那一天最後演變成了我們兩姊妹的世紀大戰，家裡都快被我們掀翻天了。那一次被我姊抓傷的傷口，現在還在我的左上臂上留下傷疤，而我姊現在的右手大拇指上，應該也還留著我那時候死命咬下的痕跡吧。爸媽離婚後，一家人東分西散已經二十年了，不曉得她現在人在哪裡，過得怎麼樣呢？我猜她現在最愛吃的應該還是布丁吧，不過也許已經有了改變。

我覺得紫色裙子的女人跟我姊有點像，會不會也就代表她跟我這個做妹妹的人也有點像呢？還是不像？要說我們兩人有沒有什麼共同點，其實也不算沒有。如果她是「紫色裙子的女人」，那我就是「黃色開襟衫的女人」了。

只是很可惜，沒有人知道「黃色開襟衫的女人」的存在，不像「紫色裙子的女人」那麼出名。

「黃色開襟衫的女人」的女人走過商店街時，沒有人會特別留意到她的存在，但「紫色裙子的女人」可就不一樣了。

這麼說好了，當「紫色裙子的女人」遠遠出現在商店街盡頭，大家的反應明顯可以分成四種——第一種，假裝沒看到。第二種，速速讓出通路。第三種是擺出勝利手勢，覺得可能會有好事發生。第四種則與第三種相反，垂頭喪氣（傳聞一天之內見了紫色裙子的女人兩次會走好運，見了三次則要倒楣）。

我覺得紫色裙子女人最厲害的地方在於，不管周遭的人出現什麼反應，她都不為所動，永遠按照自己的步伐前進，以一定的速度，輕鬆自在地穿過人群。很奇怪的是，不管週末人再多的時段，她也從來不會撞到任何人或物。我看她如果不是運動神經特別超群，就是額頭上多長了一隻眼睛吧？她一定是把那眼睛藏在瀏海底下，偷偷用那眼睛三百六十度掃描四方。無論如何，都不是我這黃色開襟衫的女人學得來的絕技。

由於她穿梭自在，邊走邊閃人的技巧實在太過高超，也就不難想像為什麼會有人發神經地自己跑去撞她看看了。老實說，我也是那些怪咖中的其中一人，但就像大家都失敗了一樣，我也鎩羽而歸。那是今年早春的事了，我假裝若無其事地往紫色裙子的女人走去，走到離她還有幾公尺的地方忽然加速度往她撞去。

現在想想我真是幹了蠢事。那時，就在我快撞上她的前一秒，紫色裙子的女人忽然一轉身，我整個人就那樣直接撞上了肉舖的展示櫃。人是幸好平安無事，卻慘遭肉店求償一大筆修理費。

那椿意外後已經過了半年，我最近才終於繳清了那時候欠下的修理費。這一路可不輕鬆，我甚至每個月會混進小學拍賣市集一次，把東挖西挖找出來能賣錢的東西拿去變賣的這種事情都幹了。

一開始，連我自己都懷疑自己到底在幹麼，我真的不會再幹第二次這種蠢事了。說起來，從以前到現在，所有自己跑去撞紫色裙子女人的人裡，據說從沒有人成功過。如果她不是額頭上長了第三隻眼，就是運動神經好到嚇人，雖然「運動」這兩個字很難讓人跟她聯想在一起。

如果從這角度去看，紫色裙子女人穿過川流人潮時那種身輕如燕的程度，倒是有點神似在冰上自在翱翔的花式溜冰選手。說到這兒，她的氣質感覺也有點神似前年在冬奧拿下了銅牌的那個女孩子，就是那個穿青色衣服，講起話來好像個老太婆一樣的年輕女生。不滑冰以後，改行當藝人，去年被提拔為兒童節目主持人，最近獲選為「最受兒童歡迎藝人」第一名的那個女生。跟那個女生相比，紫色裙子的女人年紀大很多，但在知名度上可毫不遜色（至少在我們家這一帶）。

沒錯，紫色裙子女人的知名度不但在我們這兒的成年人圈，連在小孩子界也廣為人知。這兒的商店街有時會有電視台來採訪，但我希望他們不要只會對著家庭主婦遞出麥克風，問「請問今晚準備煮什麼菜？」、「最近菜價漲了噢？」我希望他們偶爾也把麥克風遞給老人家或小孩子，問問下面這個問題——

「請問您知不知道有位紫色裙子的女人？」

我相信他們全都會答道：「知道！」

最近我們這邊的小孩流行一種遊戲，猜拳輸的人要跑去拍一下紫色裙子女人的身體，就只是這樣，但那些小孩玩得很起勁。遊戲地點就在這一帶的公園，猜拳輸的人會悄悄跑去靠近正坐在公園專屬座位上的紫色裙子的女人，啪——地拍一下她的肩膀。就這樣。但那些小孩每次都哇哈哈哈地笑著跑掉，就這樣玩了一遍又一遍，一點也不膩。

這遊戲原本不是去拍紫色裙子女人的身體，而是要去跟她講一句話。猜拳輸的人，晃呀晃地跑到紫色裙子女人的面前，說句「妳好」或是「哈囉」，就這樣。光這樣就能讓他們嗨翻天，每次那些小鬼頭一跑去跟紫色裙子的女人搭訕一兩句話，馬上嘰嘰喳喳地笑著跑開。

最近才改了這規則，理由是因為「膩了」。不管是打招呼的或是被打招呼的，都膩了。從小孩子的嘴巴能蹦出來什麼？不外乎「妳好」或「今天天氣真好」這一類，半點新意也沒有，硬要想新招的話，則蹦出一句「How are you？」無聊死了。

連遊戲剛開始時，永遠把臉朝下，一動也不動的紫色裙子的女人也逐漸打起了呵欠，不然就玩指甲，出現一些明顯無謂的動作。有時她會一臉無趣地拔著毛衣上的毛，那樣子看起來真像在挑釁那些永遠變不出新花招的小鬼。

為了打破僵局，小鬼頭們圍成一圈，額頭抵著額頭想出了這個新招，已經逐漸成為常態遊戲。目前還沒聽說有誰膩了，猜拳聲聽來也很熱烈，贏的人會跳起來歡呼，輸的則悲喊哀號。那些小鬼頭們猜拳的時候，紫色裙子的女人只是靜靜坐在她自己的專屬座位上，雙手擺在膝上，目光朝下，好像還沒習慣這個新玩法。

不曉得每次她的肩膀被啪——地打了一下的那個瞬間，究竟是什麼感覺？

之前我覺得紫色裙子的女人有點像我姊，但應該是我搞錯了，她也不像以前是花式溜冰選手的那個明星。紫色裙子的女人其實是像我小學時代一個叫做「小梅」的朋友，一個老把長髮綁成了辮子，用紅色髮圈綁起來的女孩。

小梅的父親是中國人，小學畢業典禮即將來臨的某一天，他們全家人搬回了她父親的故鄉上海。紫色裙子的女人靜靜坐在長椅上不動的那副模樣，看起來就很像小梅以前看著我們上游泳課時的樣子。她其實也不看我們游泳，總是低頭玩著自己的指甲。自從她搬回去中國後，我們就疏遠了，難道她又搬回了日本？就為了來見我？

不，不可能。小梅雖然是我的朋友，但我們也沒特別要好，只是一起玩過一兩次。不過她那個人很體貼，還曾經稱讚過我畫的一幅小狗。她是這麼說的——「尾巴畫得很好」。我那時候雖然是小孩子，聽了之後也很緊張，因為小梅畫圖比我強多了。

她說她長大以後想當畫家，後來也確實當了畫家。黃春梅，在日本成長的中國畫家。三年前的夏天來日本開了個展，我是從報上得知這個消息。雖然她已經不是以前那位編著辮子的女孩子了，但站在作品前微笑的那個女人，的確是小梅沒錯。對、對，她的雙眼皮從以前就很明顯，鼻子下方的人中還長了痣。

紫色裙子的女人是單眼皮，有黑斑但沒痣。

光從眼皮形狀來看的話，不得不說紫色裙子的女人也像我國中時的另一位同學「有島」。當然她們的個性應該完全不一樣啦，但一說起單眼皮，就會想起有島。有島那個人好恐怖噢，金髮、竊盜、恐嚇、暴力，隨身都帶著一把像是日本刀的小刀子，她可以說是我認識過的人裡最恐怖的一個了，她爸媽、老師跟警察都對她很頭大。

可是這麼恐怖的有島，有一次居然給了我一片口香糖。「妳要不要？」——她從背後推了推我，遞來一片口香糖，我就接了過來。那是我第一次從正面看見有島的眼睛，下垂的眉毛底下有一對單眼皮。一瞬間，我忽然認不出她來。

那時候我應該要說謝謝的，但我沒說。我懷疑那片口香糖有毒，放學路上把它扔進了酒舖前面的垃圾桶。

其實才沒有什麼毒呢，我應該要吃掉的，隔天再給她一顆糖果之類。現在後悔也來不及了。國中畢業以後，有島便跟黑社會混在一起，謠傳她既仲介賣淫又販毒，能墮落到什麼地步就墮落到什麼地步。現時現刻，想必關在監獄裡吧，搞不好已經被判了死刑，所以這麼想來，紫色裙子的女人也不可能是有島。

對了，我還覺得紫色裙子女人有點像某個時事評論節目上的名嘴，本行是畫鬼怪漫畫的。之前她說最近也開始畫繪本了，繪本的評價反而還比漫畫好。我記得她老公也是個漫畫家，名字叫什麼來著……

不對，我想起來了！這次絕對沒錯。紫色裙子的女人像是我之前住的那個地方的超市收銀員。有一次我人很不舒服的時候，接過找零的錢時身體搖搖晃晃的，她忽然問我「妳還好嗎？」隔天我去的時候，她又跟我說「謝謝」，搞得我隔天起就不敢再去了。

就在前一陣子，我去隔壁區的圖書館還書時，還順便晃到那家熟悉的超市外，偷偷地往裡頭瞄了一下。我看見那個女人還站在收銀機前，制服上的別章多了一個，看起來很有精神。

所以，我到底想說什麼呢？我想說的是，我已經從很久之前就想跟紫色裙子的女人做朋友了。

對了，紫色裙子的女人住在哪裡，我老早已經調查過。她住在公園附近的一間老舊公寓裡，離商店街當然也很近。那房子的屋頂上有一部分覆蓋著塑膠布，室外梯扶手早已經鏽成了鐵褐色。紫色裙子的女人從來不握扶手，她總是身體前傾地往上爬。最裡頭那間，二〇一號房。

紫色裙子的女人就是從那房間出門去上班。商店街的人大概都以為她無業吧，其實我也是。我原本也以為她一定沒有工作，沒想到她有，否則也買不了麵包，也付不起房租。

只不過她不是一年到頭都有工作，有時候有，有時候又沒有。工作也換來換去，有螺絲工廠、牙刷工廠、裝眼藥水的容器工廠，感覺不是短期工就是當天領現的工作。

有時才剛覺得她怎麼好一陣子都沒工作了，有時又見她一連好幾個月都出門上班。感覺上像什麼情形呢？我翻了一下手邊目前為止的紀錄，去年九月她有上班，十月沒有，十一月的上半個月有，十二月也是一樣只有上半個月。今年她從過年的一月十日就開始上班，二月也上班，三月也有，四月無業。五月除了黃金週以外，她都有出門上班。六月有，七月有，八月只有下半個月。九月沒有。十月有時有、有時沒有，然後現在是十一月了，她大概沒工作。

紫色裙子的女人有工作時，一定是從早到晚的全天班。她有工作時，看表情就知道很疲憊，下班後哪裡也不去，就直接回家。偶爾放假也在家關整天。

但現在，不分早晚都能在公園或商店街看見她。我也不是一天到晚都盯著她，不過就我所見，她看起來挺有活力的。有活力，就證明她沒有工作。

我很想跟她交朋友，可是該怎麼做呢……

想呀想，日子就這麼一天天過去了。

要是忽然跑去跟她搭訕，感覺也很怪。紫色裙子的女人這一輩子大概都沒碰過有人忽然問她「要不要跟我做朋友」吧？對呀，我也沒有，大部分的人應該都沒有。這樣認識人太不自然了，又不是在把妹。

所以我到底該怎麼做？可以的話，我想先跟她自我介紹，而且要很自然，一點也不突兀的。如果念同一間學校或在同一家公司工作，倒是有機會……

照例在那個公園。我坐在南側並排的三張長椅裡頭最靠近公園入口的那張，攤開昨天的報紙，這是我剛剛才從垃圾桶裡撿來的。

我坐的這張椅子旁邊的旁邊那一張，就是紫色裙子女人的專屬座位。椅面上扔了一本可以在超商免費拿到的徵才廣告雜誌。大概在十分鐘前左右，紫色裙子的女人剛到商店街的麵包店裡買了麵包。

依照她至今為止的行為模式，買了麵包的那天一定會晃到這公園來。我剛讀完報紙上「人生諮詢室」的專欄文章——「三十多歲男，正在猶豫該不該跟沒有性生活的老婆離婚」，立刻就聽見了疑似的腳步聲。

比我想的還快嘛。我稍微從報紙後抬起頭來瞄了一眼，卻發現來的人是個身穿西裝的男人，不是紫色裙子的女人。再仔細一聽那個腳步聲，完全截然不同。不曉得是不是因為很疲累，男人渾渾沌沌地拖著腳從我面前走過，走到最裡頭的那張長椅上坐下。

是在外頭跑業務的業務員嗎？看他手上拿了個黑色公事包，該不會是剛到商店街跑了一圈，毫無斬獲後來這公園歇口氣吧？這公園裡總共有五張長椅（南側三張、北側兩張），看一個人怎麼挑位子，就知道他是不是外地客。雖然他看起來很累，我也覺得不好意思，但還是要請他滾開才行。

我過去跟他解釋了一下情況，那個男人瞬間眼露凶光，抬起頭來瞪著我。但專屬座位就是專屬座位，規矩是規矩，還是要請他遵守。

我重複跟他講了好幾次，最後他終於懂了，惡形惡狀地從椅子上站起來。就在這時，一個人影出現在公園入口處，我趕緊跑回我的位子坐好，再度把報紙攤開。

紫色裙子的女人只有右手拎著一個麵包店的袋子，她在前一秒才剛剛空出來的位子上坐下後，從袋中拿出了剛買的麵包，又是奶油麵包。

那是每次有電視節目來採訪時，時常會出現的奶油麵包。採訪者會把麥克風遞給手上拿著麵包店袋子的路人問：「請問您剛剛買了什麼？」其中天然酵母吐司跟奶油麵包特別受歡迎。要是問我的話，我大概也會回答奶油麵包吧。那麵包的特徵就在於稍微厚實的焦糖奶油跟略薄的麵包體，上頭撒滿了焦焦脆脆的杏仁脆片。吃到杏仁脆片的時候，還會發出啪喳啪喳的聲音。

啪喳、啪喳。紫色裙子女人的裙子上稀稀落落掉下了杏仁片碎屑，她明明把左手當成茶托一樣捧在臉下，碎屑還是從她指縫間零零落落掉下去，但紫色裙子的女人沒有注意到。

她吃麵包的時候，眼睛永遠都望著天空中的某一點，那是她吃得很專心時的證明。在吃完麵包之前，她不會看見任何東西，也不會聽見任何聲響。嚼嚼嚼，啪喳、啪喳，好吃好吃。

吃完麵包後，她把麵包袋揉成一團時，終於看見了擺在長椅邊緣的那本免費徵才雜誌。紫色裙子的女人百無聊賴地把雜誌拿起來，嘩啦啦地開始翻閱。這一期的特輯是〈團隊合作無間的職場〉，但那邊可以不用看，緊跟在特輯之後的餐飲跟服飾業也可以隨便翻翻就好。

青、紅、黃、綠，紙頁邊緣依照職業類型分成了不同顏色，最後面的「夜生活」那區是粉紅色。不曉得為什麼，紫色裙子的女人盯著那邊的時間特別長。不用看那邊，我希望她看的是粉紅頁的前面，綠色頁那邊。「宅配分件作業」的右邊有格小小的求人欄，用螢光筆畫了圈，應該一眼就可以看到。

……到底注意到了沒？紫色裙子的女人把求人誌闔上後，捲起來往垃圾桶的方向走去。她該不會是要丟了它吧？還好我看見她把雜誌換到另一手，只扔了那個麵包袋後走出公園。

紫色裙子的女人離開了一會兒後，剛上完課的小鬼頭們就來了。

咦——今天不在吔？一邊這麼說，一邊轉動脖子東張西望，好一會兒都沒做什麼，只是愣在原地。看來黃色開襟衫的女人對他們是起不了什麼作用嘍？後來他們開始猜拳，聲音聽起來比平常沒勁，接著開始玩高抓鬼[1]。

隔天，紫色裙子的女人去一家肥皂工廠應徵。

她不懂，她完全沒搞懂。

照她目前為止的模式，如果她應徵上了，她應該從隔天起就會開始只往返於職場與公寓之間；但如果沒應徵上，大概過了N天還是在她住處附近亂晃。

又過了一星期，再過了一星期，紫色裙子的女人還是每天閒晃。看來她沒上。

之後又過了幾天，紫色裙子的女人又跑去應徵，這次是一家肉包工廠。果然她還是很狀況外，食品相關行業在面試時一定會看一個人的頭髮跟指甲情況嘛，一個滿頭枯草般的亂髮，指甲還全黑的女人怎麼可能會應徵上呢？我在心裡嘀咕，後來果然沒上。

去肉包工廠應徵的那一天，她還去了另一家公司，是專做夜班的庫存盤點。怎麼會去那兒呢？怪不得我歪頭苦思。做夜班的地方一定是男性比較多呀，怎麼會連這點也不知道？

①高抓鬼：一種抓鬼遊戲，只要站得比鬼高就不會被抓。

當然，這只是我個人的臆測，但我猜紫色裙子的女人應該不太喜歡男性吧？我也不是說她就喜歡女性，只是混在一堆男人裡頭上班，對她來講應該壓力很大吧？還好不需要我多操心，她那兒也沒上。

就這樣東應徵、西應徵，紫色裙子女人的失業期終於刷新了她的個人紀錄，整整兩個月。當然這只是我開始幫她記錄之後的情況，我猜她存款水位應該也快見底了吧，不曉得有沒有好好付房租水電？該不會已經接到了房東的催繳通知單，被威脅要提告？或是忽然被要求為原本不需要保證人的物件找個擔保人？要是已經慘到了那地步，就回天乏術了，之後只能看開，找其他辦法求生，就像最近完全放棄要繳房租的我一樣。

都要怪我撞上了那家肉店的展示櫃，雖然我好歹擠出了展示櫃的修理費，卻陷入了每月拖繳房租的無間道中。雖然去拍賣市集賺點小錢的小事業還在進行中，但那點小錢根本塞不了牙縫。以我的經濟情況來看，原本就不可能同時支付房租跟修理費。

我已經完全放棄要繳房租這件事，但我每天都在鑽研到底該怎麼逃避催繳，目前正在檢討該不該把貴重物品之類的東西先拿去車站置物櫃寄放，以免房東或法院的人突然殺來我家。緊急避難時，可以先去躲一陣子的膠囊旅館跟網咖也有了一點頭緒，我也在縣內外找好了十家看來很適合臨時躲一陣子的便宜旅社，要是紫色裙子的女人有需要，我隨時可以把情報分享給她。不過，目前看來還沒有這個必要。

紫色裙子女人的公寓門外，似乎還沒有被貼過寫有威脅字眼的紙張痕跡，也沒看過貌似房東的人在她公寓門外埋伏。夜晚時，她房間的電燈也都亮著，瓦斯錶也照跳，感覺目前她應該還能支付房租跟水電。

不過她的市內電話好像被停話了。從某個時期起，紫色裙子的女人要打電話去應徵時，就會跑到超商前面的公共電話亭去打。

她從不會走進超商，就只是打電話。負責去超商的雜誌架上幫她拿最新一期徵才廣告雜誌，再放到她專屬座位上是我的工作。

如果沒有合刊，徵才雜誌每個禮拜會出一本，但是不是只要換了封面，裡頭的徵才廣告也會跟著更新？這倒不一定。有些地方一年到頭都在缺人，廣告一登就是一整年。

紫色裙子的女人去面試時，雖然我沒有每一次都跟，但她在那之後也同時應徵了好幾份工作，每家都沒上。也難怪，她挑的不是電話客服就是商業設施的樓層客服人員，每次都亂挑，到最後不曉得是不是慌了，居然還想去應徵當咖啡店的店員？一個平常會用公園水龍頭喝水的人，想當咖啡店店員？想也知道，她打電話去的當下就被回絕了。

最後紫色裙子的女人終於打了一通電話到一個願意接納她的職場，這期間總共花了三個月。我總共到超商去幫她拿了十次徵才廣告雜誌。

居然要花這麼久才能走到這一步，也許是我的做法有問題。如果我把頁面摺起來或是貼上便利貼，而不只是用麥克筆畫圈，也許就不用浪費這麼多時間了。要反省的事項有好幾樣，不過，總之紫色裙子的女人最後終於做出了正確判斷，她手上捏著一張撕下來的小小廣告，走向超商前的公共電話亭是在昨天的傍晚。

紫色裙子的女人面露緊張地點著頭，不斷說「是、是」。是，沒有，是。第一次。

接著她拿起油性筆在手背上不知道記了些什麼，八或三一樣的數字。八號的三點？是面試時間嗎？

紫色裙子的女人把話筒掛上後，側臉看起來還是很緊張。應徵屢試屢敗，會緊張也很正常。不過我可以先揭曉答案，這一次一定沒問題，一定穩上，我可以保證。因為那裡一年三百六十五天都在缺人，基本上來者不拒。

不過她最好把那顆頭洗一洗再去，指甲也最好剪掉。如果有口紅的話也可以塗上，畢竟這樣給人的第一印象就截然不同了。我每次看見紫色裙子的女人時，她總是一頭毛糙亂髮，該不會是用肥皂洗頭吧？我以前在洗髮精工廠打工時拿到的試用包還有一大堆，如果可以的話，希望她能用看看。

正午過後，我在透明塑膠袋裡塞滿了試用品，站在正好是商店街正中央那一帶。電視台來採訪時，通常也都在這裡進行。往東西延伸出去的商店街就在這裡交會，往左右兩頭延伸出去的通道，分別通往大型超市與小鋼珠店，所以這個交叉口正好是人潮最多的地點。

有時會有人來這兒發傳單，但很少有人發試用品，路過的購物客都很開心地接過我發的試用包，甚至有人拿了一次後還回頭來要。雖然這樣才不枉費我站在那兒發試用品的苦心，但這麼一來，想給紫色裙子女人的份就沒了，所以我一看到那些明顯是來拿第二次、第三次的人，無論說什麼我都不給。

當洗髮精試用包還剩下五個時，紫色裙子女人的身影終於出現在商店街了。

她看見我在發試用包，興味盎然地往塑膠袋裡望了幾眼，但沒有再靠近了，就那麼走過路過，直接錯過。

我正要追上去遞給她洗髮精，一轉身，忽然有人扯住我的左手腕。

「喂！妳哪裡來的？有先跟委員會報備過嗎？」

抓住我手腕的是辰巳酒鋪的老闆。

辰巳酒鋪是商店街裡最老字號的店舖，老闆也是商店街振興委員會的會長，平時笑臉迎人，但此刻卻一臉威凜地逼問我。

「妳剛在發的那是什麼？給我看一下！」

我揮開他的手。

「喂！站住！妳別跑啊！」

我平時超討厭跑步，但這一刻拔起腿來就狂奔。跑啊跑，跑過了紫色裙子女人身旁，跑出了商店街，衝到了大馬路後，覺得辰巳的老闆還在後面追。我一邊繼續跑，一邊回頭看，看了不知道第幾次時，才沒有看見辰巳老闆的身影。

結果，那天入夜了之後，我把裝了試用包的塑膠袋拿去掛在紫色裙子女人的二〇一號房門把手上。也許一開始就該這麼做才對。我隔著門張耳靜聽，聽見裡頭傳來好像在刷牙的唰唰唰聲音。很好，刷牙是對的。希望她再加把勁，順便把那顆頭也洗一洗。

加油呀，紫色裙子的女人，祝妳面試一切順利。

紫色裙子女人的面試結果，在四天後出來了。不曉得是我的祈禱有用，還是那清新花香的洗髮精起了效用，或者說那間公司真的來者不拒，總之各種要素加總在一起，紫色裙子的女人終於順利應徵上了。要走到這一步還真是路途遙遠，現在終於抵達了起點。

上班第一天。紫色裙子的女人稍微提早在早上七點半就出了門，我已經在公車站等著。從商店街入口附近的公車站上車，到距離上班地點極近的那個公車站下車，總共要在車上搖來晃去大概四十分鐘。上午八點半，紫色裙子的女人伸手敲下了公司辦公室的門扉。

一進入辦公室，所長馬上遞給她一套制服與更衣室的鑰匙，要她去換衣服，於是紫色裙子的女人走進了辦公室旁的更衣室。

制服是一件黑洋裝，很耐穿、透氣也不容易弄髒（說起來，因為是黑的，髒了也不明顯）。由於是聚酯纖維材質，洗完後很快便乾，很便利。

不過容易產生靜電，要挑剔的話，這點算是缺點。

紫色裙子的女人把黑色洋裝跟昨天她去商店街買來的黑鞋搭在一起，接著將腳尖套進也是去商店街買來的絲襪時，忽然「嗤──」的一聲，絲襪破了。紫色裙子的女人乾脆把絲襪脫下來扔掉，直接套上黑鞋。接著她穿上白色圍裙，不過她圍裙的穿法錯了，帶子應該要在背後交叉才可以。

換好制服後，紫色裙子的女人再次敲了敲辦公室門扉，門後有所長與幾名房務員。

所長正坐在辦公桌前盯著電腦螢幕，紫色裙子的女人進來後，他把視線從螢幕上移開，對著紫色裙子女人的臉跟腿瞥了幾眼。

不曉得是不是沒意識到紫色裙子的女人沒穿絲襪，所長並沒說什麼，只是表示她的圍裙穿法錯了。

「塚田小姐、塚田小姐！」

所長揮手喊了站在白板前的塚田主任，接著指了指紫色裙子的女人說，「幫她把圍裙穿好」。

好啦好啦。塚田主任放下手上正拿著的識別證，走去紫色裙子女人身旁。

「妳今天第一天哪？」

邊說，邊把手穩穩擺在紫色裙子女人的雙肩上。這是我第一次看到小孩子以外的人碰到了紫色裙子女人的身體。

「對。」紫色裙子女人回答，聲音小得跟蚊子一樣。

塚田主任把紫色裙子女人的身體呼嚕轉了半圈，解開圍裙的蝴蝶結，打開腰際兩側的鈕釦，近乎粗暴地把圍裙帶子在她背後交叉之後緊緊綁好。

「怎麼這麼瘦？妳有沒有吃早餐啊？」

塚田主任這麼問，紫色裙子的女人輕聲回答說有。真的假的？不知道她吃了什麼？

「妳吃了什麼？」

塚田主任又問。

玉米片。紫色裙子的女人回答。

「玉米片？吃那種東西怎麼會有力氣啦？早餐就要吃飯，飯，懂嗎？」

塚田主任敲了一下紫色裙子女人的肩膀，紫色裙子女人輕聲回答說「好」，接著嘻——地輕笑了一聲。

我一瞬間以為自己聽糊塗了，但那的確是紫色裙子女人的聲音沒錯，真意外哪，她居然也會擠出社交笑容？

九點鐘，開始晨會。這天是每個月的第一個禮拜一，飯店方面的經理也會過來一起開會。一開始，他先寒暄了一兩句，接著只說了一句「本月也跟上個月一樣要確實管理好備品」，然後人就走了。

這位經理的做事理念是「不干涉業者的作業」，所以每個月只來參加一次晨會，也不記得任何房務員的名字。他是最近才開始嘮叨備品的管理太鬆散，以前根本連管理表也不看。這個人雖然很少來，但每次一來就是一副跩得要命的嘴臉，所以大家都很討厭他。

經理走後，所長馬上站到前面，開始提示本日的住房率還有本月的精神口號。這邊的房務員多得沒辦法全部擠在辦公室內，所以晨會是在辦公室連結到飯店的走廊上進行的。

可惜從我站的位置看不見紫色裙子女人的模樣。人太多是一個原因，但主要是所長發福的身材像一面牆一樣，紫色裙子的女人就那樣完美地隱藏在他背後。

接著，所長開始念出昨天的失誤。

「二一五號房，沒擦鏡子。三〇八號房，熱水瓶裡沒加熱水。五〇二號房，廁所衛生紙沒摺成三角形。我已經不知道說過多少次了，離開客房前請務必依照指定動線進行指差確認。只要做到這點，就可以幾乎避免掉所有一切的失誤。」

大家都很認真地聽他訓示，也或者是假裝自己很認真地聽他訓示。

「好，最後來介紹從今天起跟大家一起工作的夥伴。」

所長說到這兒，他轉過頭去。

「來，妳來自我介紹一下。」

我總算看見紫色裙子女人的半張臉龐。不曉得是不是有誰提醒她，在我沒注意的時候，她已經把及肩長髮在腦勺後綁成了一束，露出一張鵝蛋臉。光是這樣，就讓她顯得清爽許多。

「來啊，自我介紹。」

所長催促紫色裙子的女人趕快往前站一步，紫色裙子的女人也照做，但接下來，她卻凝結在原地。

「呃……自我介紹啊。」

所長一臉尷尬地跟她嘰咕。

「只要說名字就好了，來，妳有名字吧，嗄——」

在一旁聽見的房務員開始低聲竊笑。

「……我姓……日野……」

紫色裙子的女人遲了一會兒後，才終於像擠出全身力氣一樣講了自己的姓氏。

「名字呢？」所長又問。

「……麻由子……」

——她說什麼？

——沒聽見。

其他人故意用聽得見的聲量這麼說。

——妳聽見了嗎？

——沒有啊，妳呢？

——根本聽不到。

「不好意思，大家都沒聽見，麻煩妳再說一次好嗎？」

明明就聽見了。日野、麻由子。她明明講得很清楚嘛，又名「紫色裙子的女人」。這些，黃色開襟衫的女人我可是聽得很清楚。

「不好意思，妳再說一遍？」

「日野麻由子——！」

所長替她大聲喊出來。

「請大家多多照顧——！」

我一直覺得所長的工作真辛苦。要管理房務員、要跟飯店方面溝通、要寫日報跟報告書，人手不夠時自己也得下去做，要排班表，班表排好了後又一定有誰抱怨，而且聽說他還超怕老婆，回到家後在老婆面前還得低聲下氣。

日復一日愈來愈膨脹的身材，搞不好是因為壓力的關係。這陣子，總公司一直釘他一件事——千萬不要再讓人離職了。

紫色裙子的女人在晨會自我介紹完畢後，所長對她說，「午休時過來辦公室一趟，我們來練習發音」。紫色裙子的女人點點頭，露出不安的神色。其實在這個職場，上班第一天就被要求要練習發音的情況並不罕見，發音練習區永遠都在老地方，就是外頭那個垃圾場前。

廢棄物處理業者來收走垃圾之前，垃圾場那兒只有所長跟紫色裙子的女人兩個人。

「妳從那邊用力把話講出來看看——」

所長讓紫色裙子的女人站在資源回收箱前，他自己則站在一般垃圾箱前，兩人面對面地從發出聲音開始練習。

紫色裙子女人的聲音一開始小得完全聽不見。

「ㄅㄆㄇㄈ，爸爸陪媽媽放風箏！」

只有所長的聲音嘹亮地迴盪在垃圾場。

「ㄉㄊㄋㄌ，弟弟替奶奶倒垃圾！」

所長在學生時代參加過話劇社的這段經歷很有名，聽說他有一陣子還真心想朝演藝之路邁進，不過後來不曉得是不是因為動機不純，只是想跟女明星交往，不到兩年他就放棄了。不過有練過的真的不同，感覺他的發音方式果然跟大家不一樣，該怎麼講，感覺好像是從肚子那邊出來的。

「ㄍㄎㄏ，哥哥渴了要喝水！」

站在他對面的紫色裙子女人，不曉得是不是受了所長這麼賣力所影響，她的聲音中也逐漸帶上了勁道。

「謝謝！」

「謝謝！」

「請慢走！」

「請慢走！」

「不錯不錯！就這樣繼續，請慢走！」

「請慢走！」

「辛苦了！」

「辛苦了！」

「很好——！」

所長正在教紫色裙子女人的是在客房或走廊時碰見客人要打的招呼，還有碰到同樣也是房務員的時候要打的招呼。通常這兩種招呼語對一般成年人來講都沒問題，可是不會講的人出乎意料地多，所以這地方才一年到頭都在缺人。因為資深老鳥會把不打招呼的菜鳥一直欺負到辭職為止。當然，要說是誰不對，欺負人的當然不對，可是年紀一大把了連「早安」這種招呼都不會打的人也很奇怪吧？當然，我自己也沒什麼立場講別人。

「好，接下來更大聲一點！謝謝——！」

「謝謝！」

「再一次！謝謝！」

「謝謝！」

「讓那邊那個抽菸區的人也聽得到！謝謝！」

「謝謝！」

「誒——那邊那個誰！臉看不太清楚……就是妳！穿我們制服的那個！妳聽得見的話就揮揮手！謝謝！」

「謝謝！」

我輕悠悠地揮了揮手。

「好像聽得見噢，好——過關！」

拜所長特訓之功，當天下午，老鳥們對於紫色裙子女人的觀感馬上為之一新。可能是她早上的自我介紹給人的印象實在太差了吧，當時她只不過是在電梯內對其他也要搭電梯的同事點頭說了聲「辛苦了」，大家臉上馬上浮現出了驚訝。

——什麼呀，原來這個人會說話嘛。

——真意外，好像還算可靠噢？

我看見大家出現這樣的反應，至少鬆了口氣，這樣就不必擔心紫色裙子的女人會因為不打招呼這個缺點而被欺侮了。不光是資深員工，就連塚田主任跟濱本主任那些領班級的人裡，有些人也以絕對不教不打招呼的新人為個人原則，我這一路以來，已經不知看過多少新人因為老鳥連一樣道具的名稱都不願意教自己，而受不了辭職了。

紫色裙子的女人學會打招呼後，很快地，當天下午便有人願意帶她。

塚田主任在房務準備區跟她講解完各項道具的使用方式後，交給她一張上頭印有作業流程的表單，要紫色裙子的女人把各種道具的名稱寫上去，但不巧，紫色裙子的女人這時候身邊剛好沒有筆。

「妳沒帶筆呀？」

塚田主任問，「至少要帶筆呀。」

「對不起。」

紫色裙子的女人低頭道歉。

「記事本呢？有帶嗎？」

紫色裙子的女人搖搖頭。塚田主任於是從自己的工作包裡拿出一本全新的記事本。

「這本給妳。」

「可以嗎？」

「可以啦，我還有很多。這五本才兩百九十日圓而已。」

「謝謝！」

特訓成果很快又在這時候派上了用場。

塚田主任將筆遞給紫色裙子的女人，說「這工作就是一直不斷重複一樣的作業」，又說「人家跟妳說怎麼做妳就怎麼做，身體自然會學會，沒什麼難的」。

「嗯。」

紫色裙子的女人打開剛剛拿到的筆記本，在上頭寫下「就是一直重複一樣的作業」。

「唉——唷！妳怎麼連這個都寫啦！」

塚田主任瞄了記事本一眼，伸手往紫色裙子女人的肩頭啪——地打了一下，哇哈哈笑了起來。

紫色裙子的女人被分配到連名字都被叫做「實習樓層」的那一樓。那一樓除了專任領班塚田主任之外，還有三名輔佐領班，不時輪替，另外還有十名左右年資未滿一年的新進員工。在塚田主任蓋下實習結束章之前，紫色裙子的女人都要在這個樓層被嚴格督導所有一切的清潔流程。

所長中途跑來實習樓層探了一下新進員工的情況，剛好紫色裙子的女人那時候跟著其他主任去補充清潔劑，不在現場。

塚田主任跟所長報告，「那個人好像還可以喔」。

「會講話嗎？」所長問。

「會呀，問話也會答。」

「是嗎？太好了。」所長看起來很滿意地點點頭，「叫她來練習發音是對的。」

「她看起來很內向，所以我一開始還有點擔心，不過目前為止教她的都有好好做，人滿認真的呢。而且看似呆蠢，其實手腳很快。」

「哦——」

「我問她是不是做過什麼運動，結果她說國中跟高中練了六年的田徑。」

「真的嗎？」

「是啊，說擅長短跑。人不可貌相哪，真的。唉唷反正太好了，好久沒來過這麼正常的了。」

原來紫色裙子女人的運動神經真的很好，不過沒想到竟然是田徑隊，而且還練了六年！

再加上那兩句「很認真」「正常」的評價，真的有點出乎我意料。難道說紫色裙子的女人至今為止屢次應徵屢次失敗，問題是出在她的外表上？她那副儀容無論如何真的都不算「整潔」，但一跟大家穿上了一樣的制服，把頭髮在腦後綁成一束，感覺竟然真的就如同塚田主任所說的很「正常」了。

今天早上起，每次她經過我的面前時，其實我就聞到一陣清新花香味，就是我掛在她們把上那些洗髮精試用包的香味。聽說有些味道會帶給人正面的情感，眼下這不就是一個好例子嗎？

第一天收工時，塚田主任給了紫色裙子的女人一顆蘋果。又紅又大的蘋果。

「這種品種叫做北斗，外面買的話很貴的。」

「噓——」塚田主任把手指豎在嘴前。

紫色裙子的女人伸出雙手接過，問了聲「可以嗎？」

「可以！可以！」

「可是……」

「沒關係啦！大家都這麼做！妳看看我……」

塚田主任指了指自己的胸部，兩顆渾圓碩大得極不自然的乳房。仔細一瞧，左邊跟右邊的形狀還不一樣。右邊那顆是蘋果，左邊小一點的則是柳橙。塚田主任又把手伸進了圍裙口袋，把香蕉稍微露出來給紫色裙子的女人看。

紫色裙子的女人嘻嘻地笑了，社交笑容。

「拜託～～這些最後還不是要丟掉，太可惜了吧！對不對？濱本主任、橘主任？」

對呀對呀，來支援的兩位主任也點點頭。

「塚田主任說得對。」

「居然要把能吃的東西丟掉，這種行為會遭天譴的，我們家庭主婦怎麼看得下去～～」

濱本主任跟橘主任也各自從包包裡，拿出了水果給紫色裙子的女人看。濱本主任的是王林蘋果跟柳橙，橘主任的則是香蕉，都是飯店為了住房客人準備的水果之中多出來的。

「他們要是囉嗦什麼，就說我們處理掉了就好了。」

「對。」

「但不可以跟所長說喔——」

塚田主任又對著紫色裙子的女人再次「噓——」了一次。

「妳不用擔心啦，像這個人，居然把客人喝剩的香檳偷偷倒進她自己的隨身瓶裡，帶在身邊到處走吔，到現在連一次也沒被發現。」

濱本主任指著橘主任說。

「真的嗎？」

紫色裙子的女人滿臉驚詫。

「當然是假的呀！好討厭噢——」

橘主任笑著在自己臉前揮了揮。

「真的啦！這個人一天到晚帶在身邊的那個藍色隨身瓶裡，裝的就是香檳哪，妳下次仔細看，她每次喝了一口後都會『呼——』的一聲。」

「妳不要亂講，當然是假的啦！」

「呵呵、哈哈——」

紫色裙子的女人這次不是社交笑容了。我是頭一次看見她出聲歡笑。

「噯，這個柳橙也給妳帶回去吧？」

塚田主任拿出藏在連身裙口袋裡的柳橙，遞給紫色裙子的女人。

「這……可以嗎？」

「可以啦——我們每個人都拿了一個呀！」

「可是……」

不曉得為什麼，紫色裙子的女人遲遲沒有把柳橙接過去，塚田主任轉身想確認她眼睛看的那個方向有什麼。

「……哦，沒問題啦沒問題，這個人不喜歡吃水果啦。」

「是嗎？」

「是啊，是吧，權藤主任？」

「那……我就不客氣了。」

紫色裙子女人溫順地點了個頭致意。

她把塚田主任給她的蘋果跟柳橙掖在連身裙的腰腹處，帶回了更衣室。她的身體微微前傾，邊走路邊對人招呼說「辛苦了」的那副模樣，看起來完全就是個謙卑的後進。其他房務員前輩跟她錯身而過時，已然忘了晨會時還有點看不起這個女人呢，紛紛溫厚地激勵她「第一天辛苦啦～」「明天也要加油呀」。

上班第二天。紫色裙子的女人搭上比昨天晚一班的公車，八點零二分的那一班。週間時段，公車一整天都是每二十分鐘一班。如果搭乘上一班，到公司時離晨會時間還有很久，但如果搭晚一班則會遲到。八點五十二分，紫色裙子的女人打卡。

不管走進辦公室或打開更衣室的門時，她都以清晰可聞的聲音跟大家道「早安」。所長與其他同事聽見了她的聲音，也轉過頭去跟她道了「早安」。不曉得是不是因為看見特訓的成果就在眼前展現，所長感覺很愉快，臉上露出了滿意的笑容。

身體痠不痠哪？還有同事這麼關懷。紫色裙子的女人回道「不痠、不痠」。其實她從肩膀一路痠到了胳膊、腰跟腿，全身痠得要命，早上等公車時還皺著眉頭扭動脖子，發出了咯吱的聲音。

第二天，紫色裙子的女人兩三下就換好了制服。昨天還花了那麼多時間，今天似乎已經掌握住了要領。她好像先在家裡穿好了絲襪，圍裙也漂漂亮亮地在背後打了個乾淨俐落的結，半點沒有歪扭。

她對著置物櫃門後的鏡子整理頭髮，手上拿著的梳子上頭印有飯店標誌。昨天塚田主任對她說「這裡的東西妳都可以拿回去」，於是紫色裙子的女人從裡頭拿了梳子跟棉花棒。她每梳一下頭髮，空氣中便輕柔柔傳來一陣清新花香味。

離開更衣室前，紫色裙子的女人稍微做了一下伸展操。她一邊屈伸著膝蓋、轉動肩胛骨，忍不住發出哼哼唧唧的聲音。那樣子看起來好像很辛苦，她之所以全身肌肉痠疼成這樣，不只是因為還沒習慣昨天的工作，她昨天下班之後，竟然還全力跑了九十分鐘。

昨天住房率不到五成，紫色裙子的女人在下午三點半打卡下班，搭上了三點五十三分的公車，在下午四點半過後回到了住處附近。照她向來的習慣，下班後一定是哪兒也不去，直接回家，可是昨天她居然很稀奇地先晃去了公園。

她在公園裡那張她向來偏好的專屬長椅上坐下後，把手伸進膝上的包包裡，取出了豔紅的蘋果。那是她回家之前，塚田主任給她的北斗。她將蘋果拿到臉前，啊——地張大嘴巴，喀——地一口咬下。

喀——喀——就這樣連續咬了三口，正要咬下第四口時，公園外頭傳來了小鬼頭們的叫聲——「啊，她在吔！」

「在吃蘋果——！」

小鬼頭們指著紫色裙子的女人哈哈笑，邊笑邊輕快地跳過了公園入口的鐵欄杆，在離長椅還有點距離處圍成了一個圓，歡快地猜起拳來。平局了三次，第四次時有個小孩出剪刀輸了，那個孩子忿忿嚷了聲「可惡——」可是就像他們每次都會出現的反應一樣，那張臉上的表情看起來無比雀躍。輸掉的那個小男孩，小跑步朝紫色裙子女人坐著的那張專屬長椅的方向跑去，跑到了她眼前，高高舉起了手。

啪——手掌拍擊到肩膀上的震動，讓握在紫色裙子女人手中的蘋果撲通掉到了地上。

「啊！」

那小屁孩臉色發白，明明不用想也知道，那麼大力拍下去會發生什麼事。可是其他小孩好像也沒料到會有這種下場，全都一臉茫然地盯著那顆蘋果在地上愈滾愈遠。

滾哪滾，蘋果一路滾到了垃圾桶旁才停下。那個亂拍別人肩膀的小男生這時終於回過神來，衝去撿蘋果。他把沾了沙子的蘋果撿起後，一臉很抱歉地跑回了紫色裙子女人身邊。

「對不起……」

小男生囁嚅地把蘋果遞還給紫色裙子的女人。

這時在一旁觀看的其他小孩子也紛紛奔了過來，衝著紫色裙子的女人一個個低下了頭去，對不起！對不起！真的很抱歉！對不起！不好意思！對不起！

小屁孩們一個個飛快低頭的樣子看起來好詭異，我以為他們又在玩什麼新把戲了。

可是看起來好像不是這樣。那些小孩是真心覺得抱歉，尤其是打了人肩膀的那個小男生，眼眶中甚至還噙著淚水。

紫色裙子的女人望著他們輕輕揮了揮手。

「沒關係啦。」

她說。

沒關係。沒想到紫色裙子的女人是會說這種話的人？而小孩子們也對於眼前這突發狀況滿心困惑。

——她會講話吔。

——她剛講話了吔。

你望著我、我望著你，又偷覷了紫色裙子女人的臉色。

「我去洗一洗！」

小男生跑向飲水台，其他小孩子也跟著跑去。

「不用啦，真的沒關係——」

紫色裙子的女人也從椅子上站起，追著那些小孩子過去。

大家輪流洗著一顆蘋果，你傳給我、我傳給你，最後終於洗完的那顆蘋果被傳到紫色裙子女人的手上。大家接踵回去長椅那邊，紫色裙子的女人張開嘴巴就咬了一口蘋果。

「真好吃——」

紫色裙子的女人說，將那顆蘋果遞給她身旁的小男生。

剛剛拍了紫色裙子女人肩頭的小男生，咬下了一口接過來的蘋果後說聲「好吃」，又將咬了一口的蘋果遞給自己右邊的小女生。那個小女生也咬了一口，又遞給了自己右邊的小女生。「好吃」、「好甜」、「好吃」、「好好吃噢」。蘋果以紫色裙子的女人為中心，被逆時鐘遞了一圈。小男孩咬過的地方，小女孩咬了一口。小女孩咬過的地方，小女生又咬了一口。小女生咬過的地方，小男生又咬了下去。小男生咬下的地方，小男孩又咬了一口。小男孩咬下之處，紫色裙子的女人又咬了一口。咬了第二輪的時候，蘋果只剩下了蘋果芯。

吃完蘋果後，紫色裙子的女人跟那些小孩子們玩起了捉迷藏。這是紫色裙子女人第一次加入猜拳的小圈圈中。捉迷藏一直玩到天色昏暗才結束，全體都當過了一次鬼。

紫色裙子的女人是最後一個當鬼的人。

四處竄來竄去的小毛頭，就像是一群小老鼠，連曾經是田徑隊員的紫色裙子女人也被孩子們無法捉摸的行動搞得焦頭爛額。她原本還東奔西跑、衝來衝去，追得上氣不接下氣地，但玩到一半時忽然不知道怎麼樣，停下來不跑了。

她明明是鬼，卻欣賞起了花圃，又一下子看著手錶，完全不管那些還在奔跑換位的小鬼頭。她在公園裡慢慢地走，就像在散步一樣。小孩子們注意到狀況有異，擔心地衝過來探看紫色裙子女人的情況，我也在心裡頭嘀咕到底怎麼了？

「怎麼啦？」

小男生從底下瞅著她的臉瞧。

「妳在生氣嗎？」

紫色裙子的女人「呼——」地嘆口氣，「我累了。」

「累了？」

「妳還好嗎？」

「要不要休息一下？」

就在這一瞬間，紫色裙子的女人雙手忽然咚地放在正好站在她前方的小男生雙肩上，笑盈盈地說了一句。

「抓到了～～」

嗚哇哇啊——！我被騙了！大喊之後，緊接著響起了狂笑跟拍手聲。讚吔——強哪——小孩子的手心一個接一個啪啪啪地拍上了紫色裙子女人的肩膀跟後背，每拍一下，就揚起了一大陣飛屑，那飛屑乘著晚風，輕飄飄飛到了公園入口附近的長椅邊。

幾分鐘過後，空無一人的公園裡，一顆柳橙在地上滾動。我將那顆掉落在專屬座位下的柳橙撿起，當場連著皮咬下。咯咯、咯咯，就像方才那顆蘋果一樣。第一口時我沒吃到果肉，但接下來酸甜多汁的果汁便在口腔中溢開。

我忘情吃著柳橙。剛才只不過是在旁邊看，我卻看得嘴巴好乾哪。

「昨天抓鬼玩得太累，今天全身肌肉痠痛」——就算這麼說，公司也不可能准你假。上班第二天，紫色裙子的女人今天也從一大早就被確確實實地特訓。

「不可以跟別人說喔……」客房門後偶爾會傳來塚田主任的聲音，聽來是在傳授她如何工作得輕鬆一點的訣竅。這位平時總是放話「不想學的菜鳥我才不想帶呢！」的主任，大概也對紫色裙子的女人一一回應附和自己，連一丁點小細節也忙不迭地乖乖抄進筆記本裡的態度所打動，照這情況看來，搞不好不出一個月，紫色裙子的女人就能拿到實習結束章了。

一旦結束了實習，她自己一個人作業的時間便會大幅增加，對我來說，她自己一個人單獨作業時當然比她跟其他人一起作業時更容易過去跟她攀話。

我今天也跟昨天一樣，又再次錯過了自我介紹的良機。

中午休息快結束時，我在員工餐廳看見紫色裙子的女人獨自一個人在喝茶，那時要說沒有機會也不是沒有機會。可是正當我猶豫時，所長忽然不知道從哪裡冒了出來，搶走了我的座位。他大概也是基於職責，掛心新進菜鳥的狀況而過去跟她問了聲「怎麼樣，妳覺得做得下去嗎？」

「還不錯，沒問題。」紫色裙子的女人笑著答。

「太好了，我還擔心那些領班會不會欺負妳呢。妳不可以講出去喔。」所長壓低了聲音這麼說。

「沒有呀，大家都對我很好。」紫色裙子的女人這麼回答。

「那就好，我跟妳說，我們這裡每個人都很有個性。妳看那些領班主任，是不是幾乎每一個都是性格派？」

「嗄……哈……」

「像是塚田主任？」

「啊……哈哈……」

「還有濱本主任、橘主任、新庄主任、堀主任、宮地主任，還有中谷小姐跟沖田小姐、野野村小姐，真的要講的話，那些人真的每一個性格都強得要命！」

「強……哈哈……」

「根本跟動物園一樣。」

「動物園？哈哈哈。」

「名字跟長相都記得了嗎？」

「主任她們嗎？嗯，還沒吧……」

「噢……妳那層實習樓層的除了塚田主任外，其他人都是每天輪調，不過妳慢慢就會記得了。」

「嗯。」

「不過真是太好了，有些人做不來，一兩天就辭職了。不過日野妳應該沒問題，連塚田主任都誇獎妳誇得不得了哪。」

「塚田主任人很好啊。」

「她要是知道妳這麼說一定會很高興……哎呀，時間到了。」

所長從椅子上站起來，去自動販賣機買了兩瓶罐裝咖啡回來。

「給妳──」

「可以嗎？」

「下午也要加油啊！」

「是，謝謝所長。」

「哈哈哈，回答得很好，合格！」

隔天我輪休，但因為紫色裙子的女人還是要上班，所以我也去上班。紫色裙子的女人與前一天一樣，搭上同一班公車，也在同樣的時刻打卡上班。受她的影響，害我差點也跟著打卡上班，還好臨時回神，趕緊把出勤卡放回去。

到了公司，我卻一點也不想工作，而且我當天根本就輪休，沒有被算在出勤人數裡面。那麼我到底為何要到公司呢？因為我想偷偷觀察紫色裙子女人的工作狀況。若是有機會，我當然也想跟她自我介紹。

問題是我才一腳踏進了更衣室，那一瞬間卻猛然意識到自己犯下一個嚴重失誤。

我真是！居然忘記帶制服！要是沒有制服，就不能去住房樓層了嘛。我昨天照休假前的慣例把一整套制服都帶回家，今天早上剛洗完晾在陽台上。

我真是太粗心大意了，又不能這樣穿著便服走來走去，若是想借公司裡的備用制服，就得走去辦公室跟誰商量，他們若是發現我今天輪休，肯定會叫我回家吧。

結果才剛到公司，我又搭上了公車回家。雖然原本就不曉得要去幹麼。有月票真方便，我在回程的公車上還這麼想。

回家以後，看了一下電視後睡了個午覺，醒來時外頭已經暗了。我在床上賴了一陣子，一直賴到快到商店街店家的打烊時間才不情不願地爬下床。

到了商店街，逛了蔬果店跟生活用品店、百圓店，到了辰巳酒鋪前我沒走進去，只利用店前的自動販賣機。最後正當在熟食店比較著兩盤打折菜色，猶豫該選哪一盤時，猛一抬頭，居然看見了紫色裙子的女人。

不會吧……居然會在這種時間碰見她？我心底一驚，噢對，今天的住房率應該只有三成左右，她應該是早早就下班，正要回家吧？

那時候，紫色裙子的女人離我只有十幾公尺，我看著她往我這邊走來，感覺那身影好像與平時有點不同。平時她走在商店街時所展現出來的那種律動與速度蕩然無存，也許是因為天色已經昏暗，人也少了，不過紫色裙子女人的動作看起來實在是太悠緩了。

今天是上班第三天，可能是被塚田主任操得很慘吧。她愈走愈靠近，臉龐愈來愈清晰。那張臉上的一對眼珠子散漫無光，兩頰的肌肉鬆弛無力。

到底怎麼啦？今天一整天，難道她發生了什麼事嗎？

我回想起自己今天早上的行動，頓時懊悔不已。那時我為什麼會打開電視就躺下來了呢？我為什麼沒有回公司呢？我應該把半乾的制服塞進包包，馬上就回去的。我有月票，所以根本應該毫不猶豫馬上就掉頭回公司。

紫色裙子的女人有時身體還會激烈地左搖右晃，我忽然間腦中閃過了一絲想法，要是現在有誰走過去，撞上了她，搞不好很容易就能把她撞飛。當然沒有人這樣做。紫色裙子女人於是就這麼慢吞吞、緩悠悠、慢吞吞地走過我身邊，朝著她的公寓方向繼續顛顛晃晃地走回去。

紫色裙子女人走過去以後，身旁一個顧客跟熟食店老闆說，「剛剛那個人晃得好嚴重吔，她沒問題吧？」熟食店老闆瞥了一眼紫色裙子女人的背影，回道「還好吧，還能自己走」。這兩個人都沒注意到，剛剛那個走過去的女人就是紫色裙子的女人哪。

隔天我一整天都心不安寧。

紫色裙子的女人這天輪休。她從週一開始來當房務員，今天是她第一次休假。照她昨晚那個樣子來看，今天應該一整天都會待在家裡睡覺吧。只睡一天就能恢復元氣嗎？我真想問問塚田主任昨天到底發生了什麼，但很不巧，塚田主任今天也休假。

最令我擔心的是紫色裙子的女人休完了假後還會回來上班嗎？有些人一開始只來了兩、三天，第一次休假後就不來了，這樣的人至今為止多得不得了。

我不希望看見紫色裙子的女人也這麼做。她好不容易才應徵上了這個工作，至少要再撐一下，撐到跟我變成朋友再說。

所以隔天早上當我看見紫色裙子的女人排在等候公車的隊伍前方時，我心中真的放下了好大一顆大石頭。

與前天相比，她的臉色已經好了許多。既沒有彎腰駝背，眼睛也很有神。

公車到站時，車上滿滿都是人，每天早上都這樣，實在很討厭，但要是搭下一班就會遲到，不搭不行。紫色裙子的女人利用她身形嬌小的優勢，從一個上班族的腋下鑽上了車。

幾個排隊的人早早就放棄，往計程車載客處跑去。多虧了他們放棄，我這排在隊伍尾巴的人才有機會遞補上車。我也學紫色裙子的女人壓低了身子，從高中生的背包底下鑽上車。

上了車後，紫色裙子的女人被一大堆上班族遮住，從我所站的位置只能隱約看見她的一部分腦袋瓜跟右邊的肩膀。有個上班族正在偷聞她的秀髮，看來，紫色裙子的女人今天也用了清新花香洗髮精吧？該不會是早上洗頭？那些試用包應該也快用完了，用完了之後，不曉得她會不會又變回以前那一頭毛毛糙糙的亂髮？要是變了回去，就沒有人會再聞她的頭髮了吧，如此一來，紫色裙子女人的腦袋瓜附近便會清空，我就能從我這邊清清楚楚望見她了。

搞不好會有這麼寒暄的一天到來，我對她說，又或者她對我說——「咦？早啊，妳都搭這班公車嗎？」

可惜現在不是打招呼的時候，現下動彈不得，然而我從剛才起就很在意，她右邊肩膀上黏了一顆飯粒。

乾掉硬掉的飯粒。該不會是因為塚田主任叮囑她早上要吃飯，她就真的開始早上吃飯了吧？搞不好那顆飯粒從好幾天以前就黏在那裡了。我實在很想去幫她拿掉，可是眼下這種動彈不得的窘況，我連動一動手指頭都有困難。

我努力把手伸長，儘量一點一點地往那邊伸。就在指尖快要碰到黏在紫色裙子女人肩膀上那顆飯粒時，公車忽然一個大轉彎，車身劇烈搖晃的一剎那，我不但沒碰到飯粒，還一手攫住了紫色裙子女人的鼻頭！

「唔——」

紫色裙子的女人悶哼了一聲，我趕緊縮回手。

到了下一個公車站時，車上乘客陸陸續續擠擠拐拐地下了車，只見紫色裙子的女人緊繃著臉，好可怕地左右張望，她那表情就是在說「剛才是誰抓我鼻子！」我正覺得她瞪上了我，正要對我說「就是妳吧！」的那瞬間，她忽然往站在我身旁的男人步步逼近。

「你剛才摸了我的屁股吧！」

開口對那男人這麼嗆。

「這人是色狼！」

被紫色裙子女人伸手指控的那個男人，開始辯解起了一些不知所云的話語，但他沒有嚴正否認他伸出了鹹豬手。

於是周圍乘客一擁而上，把那男人團團圍住。

公車司機也察覺有異，趕緊把公車臨時停靠在附近的警察局前面。

公車門一開，紫色裙子的女人就帶頭下車。緊接著，那男人也被其他乘客押下了車。

公車門又關上。好像什麼事都沒發生過一樣，公車又再度啟程。我從最後頭的車窗看見紫色裙子女人的背影，她正在把被懷疑是色狼的那個男人交給警察。

因為發生了這事，紫色裙子的女人當天遲到了兩小時。晨會結束後，大家等候電梯上去住房樓層時，已經八卦了起來——這麼快就曠職啦？每次都這樣嘛。我看應該不會來了啦。

這時候出聲幫她辯解「可能有什麼事情吧」的人，是塚田主任。

「我覺得她不是會一聲不吭就辭職的那種人。」

「是嗎？」

一個老鳥歪著頭說：「可是我覺得這次應該也是一樣。」

「不會不會，那個人一定不會。」

塚田主任又繼續辯駁。

「我也覺得不會。」

濱本主任也附和。

「對呀，她說過她會認真學唷。」

「就是愈這麼說的，愈容易一句都不吭就不來了！」

另一個老鳥反駁。

不會不會，塚田主任搖搖頭。

「我當了督導員這麼久，光看眼神我就知道。嗯——這個人待得下來。妳說對不對呀，濱本主任？」

「對呀。」

「是嗎？」

「而且她自己都說這份工作很有趣呀，是不是，濱本主任、橘主任？她說過嗎？」

「是呀，她說過呀。」

濱本主任回答。

「她說過唷。」

橘主任也跟著附和。

「我們幾個人前天才一起去喝了酒。」

塚田主任說：「妳記得前天住房率不是很低嘛，我們三點就下了班，之後我們四個人就直接殺去車站前的串燒店啦。」

「咦，四個人？」

「是啊，那天沖田小姐、野野村小姐跟堀主任都輪休嘛。」

「可是……權藤主任沒去嗎……？」

一個資深員工不曉得是不是顧慮我，低聲這麼問。

「唉唷～權藤主任又不會喝酒——」

塚田主任回，「找一個不會喝酒的人去喝酒，硬要讓她陪我們也不好吧！」

「是啊，而且前天權藤主任又沒上班。」

橘主任說。

「咦，沒來嗎？我覺得我有看到她吔。」

「看到她？妳認錯了吧，濱本主任？新庄主任那天不是還在抱怨，權藤主任不在，所以她要自己清點備品？」

「噢……是嗎？」

「反正啊，在那家串燒店裡那個新來的人就這麼說啦，說這份工作很有趣，她會一直做下去。她可是抬頭挺胸這麼說的唷。」

塚田主任講道。

「唉唷——該不會是喝醉了吧？」

「唔……大概也有一點吧。」

「啊！她該不會是宿醉還在家裡睡覺吧？」

「宿醉通常是隔天，我們去喝酒都是前天了——」

「不一定喔，她喝了很多吔，搞不好還在醉。」

「妳才真的喝了很多咧，濱本主任。」

「唉唷~沒有妳多啦，橘主任。」

「我？我是喝了不少，但怎麼跟濱本主任比哪？妳喝了多少燒酒兌梅干呀？」

「燒酒兌梅干算什麼？妳從一開始就只加冰塊吔，橘主任。」

「我有嗎？」

「真是！就算是女士優惠日，大家也喝太多了。」

「可是塚田主任，妳講得這麼義正詞嚴，妳自己喝最多！」

啊哈哈哈——正當三位主任笑得粲然的時候，所長從走廊另一頭喊了塚田主任。

「塚田主任——日野小姐剛剛打電話來了，說會晚點到——」

塚田主任把雙手兜成一個大大的圓，朝著所長說「知道了——」接著得意地轉過身來。

「妳們看吧，我就說她不會無故曠職！」

紫色裙子的女人似乎從警察局打了電話給事務所，跟所長說明原委。所長請遲到兩個小時的紫色裙子女人喝了罐裝咖啡。

「辛苦啦，一大早就碰到這種麻煩事——」

下午三點，晚一點才下樓來休息的紫色裙子女人伸出雙手接過所長遞給她的咖啡，低頭抱歉。

「對不起，給您添了麻煩。」

「沒有沒有，哪有添什麼麻煩。」

所長回道。

「妳是受害者吔，哪有必要道歉？該道歉的是那個死色狼！爛人！我身為男人都不能原諒他。妳嚇壞了吧？」

紫色裙子的女人輕輕點頭。

「要不要考慮改搭其他班次的公車啊？這一次好險是抓到了，但下一次說不定又在同一時間的公車上遇到什麼奇怪的人。」

「可是……時間上剛好沒有其他更好的班次。比這一班早一點的話，到公司的時間太早，晚一班又會遲到……」

「是嘛……那真是不巧呢。」

「沒關係，要是有什麼突發狀況，其他乘客跟司機都會幫我解圍。」

「唔，還是很讓人擔心哪。」

「沒有問題，請不要擔心。」

「不，還是很擔心。像我今天早上就很掛心，還好妳後來來了，沒有問題，可是今天早上晨會開始時還沒有接到妳的電話。妳記得嗎？我說過我們這裡常有人什麼話也不說就不來了。」

「我不會那樣做。」

「我知道、我知道，那些主任也說妳絕對不是這種人。妳前天還跟她們去喝酒啊？」

「是啊，下班的時候她們邀我一起去。」

「聽說妳酒量很好吔，看不出來。」

「哪有～～誰說的？」

「哈哈，不是啦，我是說這樣很好，工作能幹、酒量又好，很牢靠。」

「我酒量才不好呢，那天該怎麼講呢，算是她們一直灌我酒吧……後來中途就醉了，茫到連自己怎麼回家也不記得。」

「咦？那不是很危險嗎？」

「而且我工作能力一點都不好，是塚田主任會帶人。」

「哈哈哈，我會跟她說的。聽說妳說妳想當塚田主任的接班人哪？」

「哪有，我才沒說過呢——」

「開玩笑的、開玩笑！也不是……也不純然是開玩笑……」

「嗯？」

「妳先不要說出去噢，我打算哪一天把妳升成主任，讓妳去支援其他同事。」

「我？」

「當然不是現在啦，不過我希望愈早愈好。我希望妳受訓結束時，也能學會領班她們的職務。」

「我……做得到嗎……？」

「妳可以的。我們這裡的領班工作其實很簡單，妳看看那些人的臉就知道了，一點也沒有緊張感，有些人還一升成主任就誤以為自己有什麼特別待遇，開始偷懶。我希望妳能給這裡帶來一點新氣象。妳一定能給現在那些領班帶來好的刺激。不過待遇上倒是跟現在沒有什麼差別，也不會多加什麼津貼之類。制服也跟現在一樣。鐘點費方面倒是會比現在多出三十日圓。不過要是妳做得久，也有機會升成正職，如果考核過，也可能獲得總公司聘用。我聽塚田主任說啦，說妳很有志氣地說妳一定會一直做下去啊？」

「志氣……」

「我聽到時真是該怎麼說……好高興哪……，對，真的很高興。」

「所長……」

「嗯，太高興了！」

我心裡頭像熱鍋上的螞蟻似地偷聽他們兩個人講話。紫色裙子的女人講來講去就是沒講到有人在公車上抓了她鼻子。

該不會她以為抓她鼻子的人跟摸她屁股的人是同一個吧？不是呀！抓了她鼻子的人是我！

隔天早上我心一橫，帶著決心排在公車站前的人龍裡，打算再抓一次紫色裙子女人的鼻子。昨天好多人關心她呢，唉唷，聽說妳碰到了色狼？怎麼一大早就遇到那種衰事啊。每次有人問候，紫色裙子的女人就應和道「是啊！」「在公車裡被偷摸了！」

至少就我所聽到的那些談話裡，紫色裙子的女人連一次也沒提到有人抓了她鼻子的事，可是我確確實實抓了她的鼻子一把呀！

難道說，我根本就沒抓到她鼻子？還是我抓的其實是其他我完全不認識的人的鼻子？不知道，反正再這樣下去，我的行為會被當成從來沒發生過。

我要再抓一次。這一次，我要好好抓好抓滿！抓到連指甲都嵌進了她的鼻頭裡讓她流血。

可能紫色裙子的女人會氣到把我摺下公車，但這樣也沒關係，我會坦蕩蕩地報上自己的名字，向她道歉，請求她的原諒。接著我們兩人就會變成朋友。

結果咧，我都已經盤算到這個地步了，那天紫色裙子的女人居然遲遲沒有出現在公車站前。

我目送八點零二分的公車離去，獨自在公車站前的候車椅上坐了下來，繼續等候紫色裙子的女人。下一班車會害我遲到，可是也沒辦法。

沒想到下一班車來時她依然沒有現身。該不會今天不用上班吧？我趕緊確認了一下記事本，可是她下一次輪休是下禮拜一，不是今天？

到頭來，我等了一小時還是沒有等到她。

來不及參加晨會的我，到了公司後，查看了一下辦公室白板上寫的本日住房率跟停止開放訂房的房間等事項。備忘欄裡，所長用亂七八糟的字體橫飛亂舞地寫了昨天的失誤（二一〇號房沒補充紅茶、七〇九號房沒洗浴缸、八一一號房沒鎖窗戶）以及老樣子的注意事項（※備品數量不符！如果發現有東西丟了就要趕快跟負責的領班報告！）我打完卡後，確認了一下紫色裙子女人的出勤卡，發現在「出勤」欄位上的打印時刻幾乎跟第二天一樣（八點五十分）。

這到底是怎麼一回事？她沒搭公車，所以是搭電車來的嗎？但是要搭電車就要先搭公車去車站，難道她是搭計程車來？可是這樣到公司的話單程就要差不多三千塊錢吧？她看起來也不像是有那種閒錢的人。難道是走路來？如果走路來上班，單程就要超過兩個小時，光是走過來就已經累了，可是這一天，紫色裙子的女人看起來比平常還要容光煥發。

我去偷瞄她時，她正右手拿著抹布、左手拿著撣子在客房裡忙得團團轉。

「速度快一點！要做仔細！」

「是！」塚田主任一唸，她便輕快地回答。

也不曉得是不是受了她這種反應所激勵，塚田主任指導得更為熱心。

「只剩下五分鐘了！快一點、快一點！明天起妳就要自己一個人做嘍——」

「是！」

紫色裙子的女人在那天上班結束時，竟然就拿到了塚田主任蓋下的受訓結束章。

真沒想到，她上班才五天就能結束受訓，通常這要一個月到兩個月的時間，慢一點的人甚至還需要半年以上。驚人的神速嚇到了所長跟其他的人。

她本人則好像因為這提早獲得的認可而產生了自信，隔天起，在公司行動時便把萬用鑰匙掛在腰間，側臉也散發出了一種不可言喻的自信。

其實不僅是紫色裙子的女人，可以說，幾乎每位房務員在拿到受訓結束章後都會步伐輕快，或者說，是身上會散發出一種輕鬆的氣息。因為受訓時要一直接受領班的嚴格督導，一天到晚被釘，有時還會被欺侮，一樣的事情要一直不停重做到領班說好為止，難免會讓人覺得無力。

獨立作業，就代表了可以擺脫領班。自己一個人拿著鑰匙開房門，自己一個人打掃，自己一個人走出客房，自己一個人上鎖。從頭到尾都是一個人作業。雖然這也代表了要獨自擔負起所有責任，但解脫感一定更勝一籌嘍。

看看最近紫色裙子女人的狀況就知道，她不但工作有了轉變，連休假時的私生活也起了變化。她出門的次數明顯增多了，不過出門歸出門，她去的地方不是附近的商店街就是公園。

這一天，也是固定行程。紫色裙子的女人先去商店街買了些食物跟日用品，再往公園的方向走。

「啊——她來了！」

小鬼頭們已經先抵達公園。

一看見紫色裙子的女人出現在公園入口，小鬼們立刻全部衝過去。

「妳有帶那個來嗎？」

「有～」

紫色裙子的女人點點頭，大家立刻歡呼。小鬼頭們牽起紫色裙子女人的手，領著她到她的專屬座位。

紫色裙子的女人坐下來後，孩子們馬上團團圍住。快一點！快一點！在小鬼頭們的催促之下，紫色裙子的女人從紙袋中拿出了一個裝著巧克力的盒子。

「等好久嘍！」

她把茶褐色的方盒交到一個看起來像是頭頭的小男生手上後，這一下子，小毛頭們的注意力全都轉向那邊去。給我給我——我也要！

「大家一起分著吃喔——」

紫色裙子的女人用一種悠揚的語調這麼說，「每個人都有一顆喔」。

小鬼頭們只顧瓜分巧克力，沒有人聽見紫色裙子女人在講什麼。儘管每個人都有一顆，他們還是你爭我奪，幾乎就是用搶的。

這用嚴選來自世界各國的優良可可豆，搭配上北海道產優質牛奶所製成的生巧克力一顆就要九百八十日圓。另外還附上一張糕點師傅的小卡，盒蓋上還繪有飯店的標誌與名稱（M&H的字樣與一匹脖子上掛了花輪的飛馬）。

好好吃噢～～融化了～～不知道是不是連小孩子也吃得出這跟平常

他們吃的那種TIROL牌巧克力不一樣，他們一邊吃著美味的巧克力，臉上不禁流露出幸福得不得了的表情，而紫色裙子的女人則在一旁以聖母般的慈祥眼神凝視著他們。

發現紫色裙子的女人居然有工作時，小鬼頭們全都嚇傻了。就像很多人以為的，也就像我之前所以為的，小孩子們也覺得平日白天起就在閒晃的紫色裙子女人應該沒有工作。

「嗯，有時候有、有時候沒有啦。」紫色裙子的女人看著這些一臉詫異的小鬼頭們不好意思地這麼說。

「妳做什麼啊？」小鬼頭們質問她，紫色裙子女人回答是打掃方面的工作。

「有這種工作喔？」小鬼頭又問，「有啊」，紫色裙子的女人又答。

「只要打掃就有錢拿嗎？」

「是啊。」

「好壞喔～我每天都打掃自己的房間跟玄關吔，我連一塊錢都沒拿到！」

「因為這是工作，不是幫忙啊。」紫色裙子女人正經地答道。

「我長大以後也要做打掃的工作！」一個小女孩這麼說。

「我也要！」

「我也要！」

「人家也要！」

一個個舉高了手。

「那我們以後一起去一樣的地方工作吧——」

「好吔！」

紫色裙子的女人聽見他們這麼說，提議他們「以後來我們那裡上班嘛」。

「你們知道車站前有一家很大的飯店嗎？建築物的頂端寫著M&H的白色飯店？我就在那裡工作喔，你們長大了以後也可以來我們飯店工作。」

「M&H？我看過吔。」

「從電車裡面看得到的那間？」

「對對，就是那家。從電車裡跟從公車裡都看得到，常常有明星來住喔，是很氣派的飯店。」

「咦，有明星嗎？」

「有呀，上個禮拜峰秋良就來過啦。」

「唱演歌的那個？」

「對，還有前天，女星五十嵐玲奈也來過。」

「五十嵐玲奈？哇——塞！」

「很漂亮嗎？」

「唔，還好吔。」

「好棒噢！我也想看五十嵐玲奈！噯，妳覺得我也可以做打掃的工作嗎？」

「可以啊。」

「我可以嗎？」

「可以呀。習慣之前會有點辛苦，不過只要知道了竅門，大家都可以做。」

「不會很難嗎？」

「有些地方可能會覺得有點難，但只要掌握住訣竅，誰都可以做啦，你們不要擔心，以後你們如果來我們飯店，我負責教你們。」

前不久，所長剛說過哪一天想把她升成領班，那時她在所長面前表現得無所適從的樣子，但其實內心很雀躍吧？那天從紫色裙子的女人口中冒出了一句又一句，聽起來一點也不像是才剛開始客房清掃這份工作的人會講出來的充滿自信的話。

「這盒子給我——」

吃完了每個人都有一顆的巧克力後，一個手上拿著變成了空盒的小男孩這麼對紫色裙子的女人說。

「可以啊，你要拿去做什麼？」

「放學校集點的點數啊。我媽在收集，現在裝的那個盒子已經滿了。」

「人家也想要。」

「不行啦！我先說的。」

「下次再給妳啦，美香。」紫色裙子的女人說。

「下次是什麼時候？」

「我也不曉得，等我拿到巧克力的時候。」

「我也想要。」

「好，沒問題，大家輪流來。美香之後是小毛。」

「一定喔！」

「噯……我覺得我好像在哪裡看過這個圖案吔。」

一個小女生此時從旁打量著小男生手上拿著的盒子這麼說，「在哪裡呢……」

「那是我們飯店的標誌啦。」

紫色裙子的女人說道：「我之前給你們的餅乾、年輪蛋糕的盒子，那些飯店的產品上面全都有這個圖案啊。」

「哦——咦，這是什麼？馬嗎？」

剛被稱為小毛的那個小男孩這麼問。

「飛馬。」

紫色裙子的女人回答。

「啊——我想起來了！」

盯著盒子看的小女生突然抬起臉來說，「我家的毛巾上面也有這個圖案！」

「毛巾？」

「對呀，浴巾跟普通毛巾還有小條的毛巾上面都有，是我家毛巾裡面最軟最漂亮的喔——」

「哦，難道是在我們飯店買的嗎？我們飯店有賣毛巾嗎……」

紫色裙子的女人側頭不解。

「不是啦，在拍賣市集上買的。」

小女生說。

「市集？」

「對啊，我們學校的市集。我跟我媽去的時候買的。麻由，妳有沒有去過市集啊？」

「沒有吔。」

「沒有？」

小男生一副很意外的樣子，「我每次都會去吔，那裡有賣熱狗之類的東西，也有遊戲區，超好玩喔！」

「真的？」

「我家的人也在市集上買過漫畫跟球鞋給我喔。」

「哦——市集是什麼時候舉辦哪?」

「每個月的第三個禮拜天。麻由,妳下次也一起去嘛!」

「好啊,如果有休假,我就跟你們一起去看看。」

咦?他們什麼時候已經自我介紹過了嗎?我覺得小孩子的臉每張看起來都長得一樣,但聽他們談話的內容,有一個小男生叫做小毛,一個小女孩叫做美香,還有裕二、兼雄跟小南,至於那個「麻由」,則是紫色裙子的女人。「麻由」後來跟小孩子提起她工作時會跟明星擦身而過,羨慕得那些小毛頭都快流出口水了。

實習結束的隔天,紫色裙子的女人被派去了三十樓服務。三十樓也是常有明星下榻的樓層。每個樓層都有專屬房務員負責,所以我沒有什麼機會跑去她的樓層。跟以前比起來,最近我在公司裡看見她的機會少了很多,反而是在商店街或公園時比較容易得知她的近況。

自從碰上了色狼以後，紫色裙子的女人就不再搭早上的公車了，不過我曾在回家的公車上碰到她，所以應該只有早上沒搭。通勤方式除了公車以外，就只剩下電車、走路或計程車，現下她到底是利用哪種交通手段還是個謎。我看了一下她的出勤卡，這陣子的上班時刻都比以前提早了十五分鐘。

早上我走進更衣室時，她時常都已經換好了制服，正對著鏡子專心梳頭。紫色裙子的女人每次一梳頭，便會傳來一股清新花香味。我給她的試用包應該只有五天份，可是過了兩星期、三星期，她那頭髮還是飄散出清新花香。好像很謎，其實一點也不謎。

其實我在幾天前剛好看見紫色裙子的女人在商店街的日用品店裡，購買洗髮精的補充包。買補充包，意味著她已經買過瓶裝的了。看來她是很喜愛那些試用品。

不過幹麼特地買？我們公司裡的洗髮精要拿多少有多少，不只洗髮精，還有潤髮乳、沐浴乳跟肥皂，都可以拿，每個員工家的浴室裡應該都擺上了有飯店標誌的瓶裝洗髮精吧。大家每天的頭髮都散發出一樣的味道，唯一一個飄散著清新花香的是紫色裙子的女人。

前陣子，塚田主任才在更衣室裡問了紫色裙子的女人這個問題。

「噯，日野美女，妳幹麼不用我們飯店的洗髮精哪？」

「我們飯店的不是很好嗎？這高級貨吔。」

「噢……是喔……」

紫色裙子的女人說著鬆開了綁起的頭髮。

「這個不用錢吔。這都是備品，要多少有多少，大家都在用，我看妳從今天起也開始用吧。」

「唔……」

紫色裙子的女人瞥了一眼塚田主任手上的小瓶洗髮精。

「那個洗髮精的味道有點……」

「味道？」

「對呀，妳不覺得有種海鮮味嗎？」

「海鮮味？」

「對呀，像魚腥味一樣的……啊！我不是說妳喔，我不是說妳身上有魚腥味，我是在說那個洗髮精啦，哈哈。」

紫色裙子的女人笑了起來，但是塚田主任沒笑。我聽她們兩人講話聽得心驚膽跳，後來，紫色裙子的女人見塚田主任沒說什麼，只默默地把那瓶洗髮精放進了置物櫃，可能是感覺有點尷尬吧，於是說「我們改天再去喝一杯嘛～」用這輕鬆的話題把氣氛圓了回來。

一進了公司，就在短時間拿到了受訓結束章的紫色裙子女人，已經不算是新進員工了。當一個房務員可以獨立作業的那一刻起，橫亙在菜鳥與老鳥間的差別便急速縮小。

我有時候會在餐廳裡看見紫色裙子的女人跟著一群老鳥正在嚼別人的舌根，說真的，從遠處望去還真分不出來誰是誰呢。無論髮型、服裝、姿勢、表情甚或那把掛在腰間的萬用鑰匙發出來的喀喀唧唧的聲音，紫色裙子的女人都已經完美融入了周遭世界。

但只要用心一看，還是能夠察覺，察覺出紫色裙子女人的真實心境。她並非打從心底享受那眼前一切，她皮笑而肉不笑，嘴巴笑了，眼睛沒笑。跟其他神采奕奕地聊著別人八卦的同事相比，彷彿只有她一個人飄散出一種哀傷的氣息。她只是為了不要掃興，才努力配合那些前輩們的話題而已。

我目前去跟她們搭話了兩次，就為了把她帶離那當下逼人難以喘息的空間。我說了「哈囉——」又說了「嗳——」但不巧那兩次大家都聊得正起勁，根本沒人聽見我講話。

紫色裙子的女人開始做這份房務員的工作後，眨眼已經過了快兩個月，不過從好的或壞的方面來說，可能她都已經逐漸學會了職場生存的訣竅了。

我感覺有些落寞。但是這也沒辦法，畢竟在這種全是女人的職場裡，會拿出來閒聊的話題不外乎就是誰誰誰的八卦，不管你有沒有興趣，都得假裝興致勃勃。

今天八卦這傢伙、明天八卦那傢伙，八卦的對象換來換去，唯有八卦永恆長存。管你菜鳥老鳥，總是有某個誰在八卦著某個誰，跟年資完全無關。我幾乎聽過了所有這裡的人的八卦，當然，也包括了紫色裙子的女人的八卦。

「那個日野，感覺最近跟剛來的時候不大一樣了噢。」

「對呀。」

「妳不覺得她好像豐滿了一點，也開朗多了？」

「有喔有喔──」

「她剛來的時候，感覺整個人好蒼白、好陰暗哪。」

「對呀，現在該怎麼講，好像健康了一點噢？」

「對，我也覺得。」

沒錯，是正面的八卦。就像她們所說，這兩個月以來紫色裙子的女人在外表上有了很大的變化，最明顯的應該是她的臉吧，之前瘦巴巴的兩頰現在已經長了肉，臉色好很多了，講白的話，就是胖了些。她看起來倒是沒有吃那麼多，不過她剛來那陣子，每天午休時間只喝茶，真讓人擔心她會不會忽然暈倒。

餐廳的自動販賣機旁邊擺了茶飲機，提供免費焙茶隨便大家喝。紫色裙子的女人之前就只喝那個。現在回想起來，從第一天就有人跑去找雙手捧著塑膠茶杯，一口一口慢慢啜飲焙茶的她講話。

「咦，妳是新來的嗎？只喝茶啊？」類似這樣。

「是啊。」紫色裙子女人回答。

「該不是在減肥吧？」

「不是。」

「那妳要吃胖一點哪，不能這樣。哪，妳喜歡哪一個？拿一個去？」

有時候是甜甜圈，有時候是帶內餡的甜點饅頭，有時候是麵包卷，另外我還看過別人給她糖果、口香糖、橘子跟小餅乾等等。我也每天喝茶啊，可是從來沒有人給過我任何東西。

難道是站著喝跟坐著喝的差別？紫色裙子的女人總是獨自坐在六人

座的圓桌前喝茶，那側臉看來稍微落寞，也許是引起別人想對她友善的原因吧。

像所長就一天到晚請她喝罐裝咖啡，有一次，我也看見塚田主任點了烏龍麵套餐後，把附餐的飯糰給了她。她就算不自己準備午餐帶來，也不愁餓著肚皮，有時候，就算真的沒有人給她東西，也可以在客房裡解決，紫色裙子的女人很清楚有這一招。

不曉得是塚田主任還是其他資深的房務員教她的，紫色裙子的女人偶爾會把客房從裡頭上鎖。雖然大家都這麼做，其實是不行的。不管是能自己獨立作業或是還要人幫忙的房務員，整理客房時一定要打開房門，這是規定。

至於紫色裙子的女人在那個上鎖的房門後做了些什麼，其實當然一定有打掃啦，但也會做很多其他的事。譬如喝喝客房裡備妥的咖啡、抓幾把付費綜合堅果或巧克力，又或者把客人叫的客房餐點裡吃剩的三明治一把塞進嘴裡，也可能會一頭倒在床上，看一下電視或者就這麼睡一會兒，接著起來去浴缸放水泡腳，搞不好還會喝香檳。通常紫色裙子的女人從裡頭打開鎖，走出來的時候，嘴巴裡頭都正在嚼著什麼東西。

這就是她之所以被人八卦「變得豐滿健康」的原因。那一頭乾草般的亂髮現在有了光澤活力，不全然是因為她換了洗髮精，人哪，只要吸收了足夠的營養，好像就會變得健康又有朝氣。

我還在其他場合聽過關於紫色裙子女人這樣的流言。

「那個日野變漂亮了吔。」一個員工這麼說，「該不會是去整形了吧？」這句話，可以理解為讚美。

「怎麼可能，一定是化妝啦。」另一個旁邊的同事說。

「哦，那她滿會化的嘛。」

「是啊，滿會。」

「工作速度也好快噢。」

「很快喔。」

「領班都說，如果有急著整理的房間就交給日野。」

「對呀，因為她很快嘛。」

「可是有時候我也覺得，哎呀，也快得太離譜了吧？」

「我懂～」

「這麼說好像不太好，可是有時候她會不會是隨隨便便馬馬虎虎做一做啊？」

「沒錯，我也這麼覺得！」

「領班應該也發現了吧？」

「發現了又怎樣，人家可是領班面前的紅人哪。」

「她啊，感覺好像現在跟領班打招呼的態度，跟對我們打招呼的態度不太一樣噢？」

「對，音調還什麼的好像有點微微的區別？」

「所以她還看人講話哪？」

「是啊。」

「還有呀，每次她推車都整理得好隨便。」

「沒錯！每次推車被她用過後都會少點什麼！」

「之前我還碰過肥皂只剩下一個！」

「她只考慮到她自己用的時候方不方便啦，沒考慮到別人。」

聽到了這樣的傳聞後，我在幾小時後偷偷去整理了紫色裙子女人用過的推車。的確就像那些同事所講的，紫色裙子女人那天用完的推車裡頭，梳子只剩一把，浴帽連一個也沒補充。

也許她是想隔天早上再去把不夠的補齊吧，但是她隔天放假。至於我，我要上班。最近我們兩人的輪休時間不一的情況已經這樣持續了兩個禮拜，我只能從其他同事的談話裡得知紫色裙子女人的近況。雖然這讓我很不滿，不過至少比什麼都聽不到還要好。

看來只能期待下個月換樓層了。正當我這麼想的時候，又聽到了新的傳聞。

這次是從領班的嘴裡蹦出來這個八卦，而且內容有點令人難以置信。她們居然說，紫色裙子的女人跟所長要好了？所長？那個所長？有老婆有小孩的那個所長？絕對是開玩笑吧？

「是真的啦——」

濱本主任看著糖果的包裝紙說。

「妳看見啦？」

塚田主任接話。她才剛打開一小包米果，洗衣房裡一下子就充滿了醬油味。

「有人看見啦~而且還不止一個，說是日野這陣子都搭所長的車來上班。」

「所長的車？哇——」

隔天早上，我快快去查證。就結論而言，傳聞是真的。紫色裙子的女人真的每天早上都搭所長的車來上班。怪不得現在她都不出現在公車站了。所長開車去她的公寓接了她後就直接開來公司，所以她當然不可能出現在公車站。

問題是他們兩人有沒有在交往就無從得知了。據我所見，早上八點，所長開著他的黑色轎車到了紫色裙子女人的公寓底下，按了兩次喇叭。幾秒鐘之後，二〇一號房的房門打了開來，紫色裙子的女人從裡頭探出頭來朝底下的所長笑著揮手，接著她一邊留意腳步，一邊快快下樓。她打開了副駕駛座的門上車後，兩人簡短地交談些什麼，紫色裙子的女人接著繫上安全帶，同時所長踩下了油門，我只看到這裡。

他接送她來上班，這點無從懷疑。

問題是接下來。接下來，他們兩人每天在同車通勤期間，逐漸拉近了距離，發展出了戀曲。大家是這樣傳的，問題是真是假？

禮拜天。紫色裙子的女人與我。我們兩人在隔三週之後終於排在同一天休假。現在的氣溫是二十一度，濕度百分之六十六，一大早便晴空萬里、天高氣爽。

九點。紫色裙子女人打開了二〇一號房門出來，遠遠就能發現她的妝比平時濃。

不曉得昨晚是不是仔細梳過了頭髮，那一頭秀髮也顯得比平時有光澤。她慢慢走下樓梯，到了公寓前的馬路時稍微加快了步速，敲響腳步聲往最近的一個公車站走去。

禮拜天早晨的公車站前連一個排隊的人也沒有。今天是週末班次，九點多只有兩班車。

九點十四分，搭上了準時到站的公車。車上小貓兩三隻。紫色裙子的女人走到從前面數來第三排的單人座落坐，我則走到最後排的長條椅子去坐。好久沒跟紫色裙子的女人搭乘同一班公車了，內心不禁莫名雀躍了起來。

車子在抵達目的地之前，紫色裙子的女人有時百無聊賴望望窗外，有時從包包裡取出小鏡子仔細端詳自己的臉。她不曉得什麼時候買了支新手機，拿出來看了一下螢幕，也沒操作又把它放回包包裡。

九點四十五分，抵達了車站前。這裡是目的地。紫色裙子的女人付了現金，我則給司機看了月票，兩人都下了車。

紫色裙子的女人走進了公車總站旁的商業大樓。我正狐疑難道這大樓裡有什麼嗎？原來只是路過。她從一樓走到地下一樓，又走樓梯上了一樓，出了車站。這一帶有不少餐飲店跟禮品店，不過似乎都還沒營業，只有一家咖啡館開著，其他店面都還拉下鐵門。紫色裙子的女人推開了唯一一間開著的那家咖啡店店門，走進了裡頭。

店內有兩名客人。一位是在吧檯跟老闆談笑風生、戴著灰色針織帽的初老男性，另一個則是坐在最裡頭那桌，背朝入口戴著一頂好像黑色棒球帽的男人。

戴著棒球帽的那個人是所長。他注意到了紫色裙子的女人後，把正在讀的報紙摺起，拿起放在對面位子上的肩包。

那是他平常也會帶來公司的一個黑色肩包。紫色裙子的女人在空出來的位子上坐下後，朝吧檯的老闆喊了一聲「一杯奶茶——」接著問所長，「你剛吃了什麼？」所長看著空盤子說，「早餐的歐姆蛋套餐」，紫色裙子的女人又望了空盤子一眼，回道「好像很好吃」。

所長迅速瞄了一眼手錶，這時老闆也幾乎同時送來了奶茶。「差不多了」，所長說。「等一下，我喝一口就好。」紫色裙子的女人回道，拿起了奶茶。

所長起身的時候，戴上了原本放在桌上的一副太陽眼鏡。那個造型跟我平常戴的太陽眼鏡很像，不過所長那副大概是高檔貨。我這副是在百圓商店買的。

所長在收銀機前結帳。早餐的B套餐跟奶茶一共是八百八十日圓。

十點二十分。走出咖啡店的兩人在紛紛打開了鐵門的商店街上手挽著走並行。所長看起來神經兮兮，不時注意四周，紫色裙子女人則完全相反，表現得堂堂正正。所長愈是擔心周圍目光，紫色裙子女人似乎就愈牢牢地挽緊了他的手。走了十來分鐘左右，兩人走進了一棟建築物，上頭寫著「橫田劇院」。電影院。

十點三十五分，紫色裙子的女人在小賣部買了可樂跟爆米花。一買完後，所長馬上抓了一把送進嘴裡。紫色裙子的女人說「你真是的！」所長則哈哈笑。兩人才一走進電影院的那個瞬間，所長臉上的表情馬上放鬆了下來。

他們兩人買的是《捍衛戰警》跟《緊急追捕令》的套票。這兩部片裡我只看過《捍衛戰警》，記得是部很有趣的片，不過已經是很久以前了，不太記得內容。

十點四十五分，開始播放。第一部是《捍衛戰警》。看了一會兒後我開始回想起來，不過我原本以為是電車上被放了炸彈，沒想到是公車，可是看到最後電車也出現了。

紫色裙子的女人一直專心盯著銀幕，完全沒動買來的爆米花，所長則一直心不在焉地像屁股長了蟲一樣，一下吃吃爆米花、一下喝喝可樂，一下又抓抓臉、一下又把鼻子抵在紫色裙子女人的肩膀上動來蠕去，聞她的味道（似乎是如此），一下又轉動脖子、一下又打了個大呵欠，最後發出打呼聲睡著了。紫色裙子的女人轉頭看了一次所長的睡臉，接著就一直面朝銀幕。

中午十二點四十五分，《捍衛戰警》播放完畢。接下來是十五分鐘的休息時間，一點起，開始播放《緊急追捕令》。不曉得是部什麼樣的片，真期待。

可是這時候那兩個人站了起來，我原以為他們要去廁所，但一直沒回來，便走出大廳去看看。這一看，發現窗外出現他們兩人正往車站方向走去的背影，趕緊慌慌張張地追出去。

外頭已經一反早晨的冷清，人聲雜沓。紫色裙子的女人跟所長展示了她的特技。

「你看好喔——」她說，接著背朝所長，彷彿花式溜冰選手一樣地俐落穿梭在人潮之中，一直往前走。

「哇——好厲害！好厲害！」所長遠遠拍手叫好。紫色裙子女人笑嘻嘻地回過頭來，停下腳步等所長跟上。所長一跟上，她又馬上行雲流水地往前頭的人潮中穿過，接著又停下腳步，轉過頭來，笑嘻嘻地再等所長跟上，就這樣重複了好幾次。紫色裙子的女人背朝所長的時候，所長把帽子重新戴好了好幾次。

下午一點，兩人並肩站在車站前的連鎖書店前翻雜誌。所長跟紫色裙子的女人各拿了一本，所長的那本是封面有「拉麵特輯」字眼的資訊情報月刊，紫色裙子女人拿的那本則是電影雜誌。紫色裙子的女人一直從所長旁邊瞄著他在翻什麼，完全沒看她自己拿的那本。雖然聽不見他們兩人說話，但看嘴形好像是說「感覺好好吃噢——」中午搞不好會吃拉麵。

一點十分。兩人離開了書店，往車站前面的鬧區後那條小巷子的盡頭一家二十四小時營業的居酒屋走去。中午不吃拉麵。

所長一邊說「哈囉——」一邊掀起了暖簾走進去。禮拜天，才大白天的（或者正因為是禮拜天的大白天？）店內已經有好多客人，我在吧檯長桌的邊角上坐下。

不好意思——所長喊來店員，我要這個、這個、這個跟這個。負責點菜的人是所長，紫色裙子的女人只是靜靜坐在一旁。哈哈哈——有時所長的笑聲會混雜在一大堆客人的談話聲裡傳到耳邊，但紫色裙子女人的聲音完全聽不見。

看起來，所長好像是這家店的常客，進來之後大概過了一個小時吧，他朝著後頭店員這麼點菜——「不好意思，我要每次那個辣辣的那個」。我心想，每次那個辣辣的那個是什麼啊？結果是筍乾。

所長喝酒像牛飲一樣。紫色裙子的女人喝完兩杯沙瓦時，所長已經喝了六杯生啤酒。中途有個喝醉的人朝他們問「你們兩個是什麼關係？」所長紅著臉回道「你猜？」結果那個人說「嗯——我看你們兩個是父女！」所長回說「正確！」兩人又點了泡菜粥。我以為他們應該就這樣結束了這一回合吧，沒想到最後又點了一個烤飯糰，兩人用筷子分著吃。

四點四十五分，這兩人已經連續吃吃喝喝了三個半小時。後來走出了居酒屋，走回鬧街，穿過車站前，直接走向公車總站，沒有再晃去哪裡。紫色裙子的女人腳步很穩，但所長的腳步顛顛晃晃，看起來很危險。

我跟在緊靠著彼此的他們兩個人後面，不斷回頭張望了好多次。剛才我在居酒屋裡點了三杯生啤酒、一份奶油金針菇跟一份醬醃螢烏賊，也沒付錢就出來了，很怕店員追來，但最後，也沒有人追上來。

五點零一分。紫色裙子的女人朝著在公車總站的長椅上坐下來的所長不知簡單說了什麼，接著往附近的商店走去，拿著一瓶運動飲料回來。她在所長身邊坐下來後，把瓶蓋打開，將寶特瓶遞給所長。所長喝了一口，接著兩人輪流喝。

公車很快就來了。

五點零五分。可是兩人並沒搭上那班車。臉色蒼白的所長舉起手來在臉前揮了揮，不知跟紫色裙子的女人說了什麼。「現在搭車我會吐」。之後所長馬上就衝去了廁所。紫色裙子的女人獨自在長椅上坐下，把最後一口運動飲料給喝掉後，低頭看著自己的指甲。她那樣子，看起來很像我小學時候的朋友小梅。

五點十五分。所長一臉清爽了許多的樣子回來了。哎啊抱歉抱歉，他拿著手帕邊擦嘴巴，邊跟紫色裙子女人道歉，接著換紫色裙子的女人去上廁所。留下來的所長開始玩手機。途中他驀然抬起頭，用掌心拍了拍自己的臉頰跟頭部說「沒有、沒有」，接著打開放在一旁的肩包拉鍊，這一次他說，「有」。他拿出來的是棒球帽。他馬上戴上，可是繼續在包包裡翻翻找找，沒有、沒有、沒有。

這一次他怎麼找也沒找著。他在找的是太陽眼鏡，剛剛被他遺忘在居酒屋的桌邊。其實我現在臉上戴的這副可能就是他那副被遺忘的太陽眼鏡。果然跟百圓商店的廉價品不一樣，這麼大一副，居然輕得跟空氣一樣，鏡架內側還用金字刻了名字——TOMOHIRO。

所長找了半天都沒找到就放棄了。他闔上了肩包，好像要掩飾沒有戴太陽眼鏡這件事一樣，把帽簷拉得更低了。

五點三十五分，公車到站。車內被一群拿著球拍的高中女生占滿了座位，紫色裙子的女人問所長要不要等下一班，所長說「搭吧搭吧」。

我跟在他們身後，在他們後面的後面的後面上了車，成功擠到並排在狹長走道上的他們兩個人的背後站好。這麼近的距離，其實反而不容易被發現。我跟他們背貼背所偷聽到的談話如下——

紫色裙子的女人：「我姪女生日不曉得該送她什麼。」

所長：「妳還沒決定哪？」

紫色裙子的女人：「對啊。」

所長：「絨毛玩具呢？」

紫色裙子的女人：「絨毛玩具嗎？」

所長：「她才一歲嘛！」

紫色裙子的女人：「那是我姪子啦，我在說的是姪女。」

所長：「噢，這樣？」

所以咧——這兩個人一直討論著生日禮物要送什麼討論個沒完沒了，最後得出來的結論是「下一次我回家時，直接問我老哥她想要什麼好了」。「老哥」，指的應該就是紫色裙子的女人的哥哥。

所長有個明年就要上小學的女兒才對，但兩人完全沒談到這話題。紫色裙子的女人應該不會不知道所長有小孩，我倒是第一次知道紫色裙子的女人有個老家、有個老哥、有個姪子還有個姪女。

六點零五分，兩人下了公車。老樣子的公車站，見慣了的風景。在我前面幾公尺處，兩人手牽著手走著。走過了斑馬線、走進了有頂商店街，繼續往前走了一會兒後走進常去的麵包店。紫色裙子女人往她手中拿著的盤裡放進了兩個奶油麵包跟一份裝在盒子裡的三明治。結帳時，是紫色裙子的女人付帳，全部總共七百四十日圓。

這一刻還沒有任何人發現。要是商店街的人發現這一對並肩走路的情侶裡頭的女人，居然就是紫色裙子的女人時，不知道他們會如何反應？

『大家注意──那個紫色裙子的女人帶了個男人回來啦──！』

在我的想像之中，最早發現的應該是一個剛好路過的人。他驚訝得趕緊衝進最近的一家店，喘吁吁地跟老闆報告。老闆又跟隔壁的老闆講，隔壁的老闆又跟隔壁的老闆講，所有買東西的客人都管不得自己要買什麼了，紛紛奔出店外，正好路過的人則趕忙閃到一旁，把路讓給正往這邊走來的那兩個人。

整條商店街變成了婚禮上的紅毯，不曉得是誰終於忍不住了，扯開喉嚨大喊「恭喜呀——」接下來躲在招牌後的小鬼頭們也衝了出來，圈起了手指猛吹口哨。魚店老闆捧了條帶頭帶尾的完整鯛魚祝賀，「你們拿去——」花店老闆獻上了花，酒舖老闆獻上了一大瓶酒，各自塞往紫色裙子女人的胸前。

不曉得是什麼時候早已來到一旁待命的電視台攝影機則把鏡頭對準兩人的臉放大，採訪者將麥克風遞去，「請問你們現在的心情怎麼樣？」就在紫色裙子的女人轉過了目光，看向攝影機的那一剎那，畫面的邊緣出現了一點空白，不曉得是什麼東西被拍進了畫面裡。那是什麼啊——？

『啊……』

『黃色開襟衫的女人啦！』

兩人走出了麵包店後，又開始牽起手。就這麼走了十來公尺，還是沒被人發現。

之後兩人一下子手牽手，一下子手挽手，就這麼走過了日用品店的前面、乾貨店的前面、魚店的前面、肉店的前面、蔬果店的前面、花店的前面、酒舖的前面。無論路人或店家乃至購物客，整條商店街沒有人注意到眼前正經過的女人就是紫色裙子的女人。

於是兩人就這麼在沒有被任何人意識到之間，穿過了商店街，走進了入夜的住宅區。那一晚，所長在紫色裙子女人的房間過夜。

隔天是第一個禮拜一。

第一個禮拜一意味的，就是飯店經理來參加晨會的日子。

「浴巾十條、小毛巾十條、浴墊五張、茶杯跟杯墊組十組、紅酒杯五個、香檳杯五個、茶壺三個。」

經理唸出了手中的小抄，從沒看過他臉色這麼差過。

「雖然不曉得是客人拿回去了，還是其實還放在飯店的哪裡沒有找到……」

經理說到這兒停了下來，仔仔細細把我們每個人的臉都瞧了一遍。

「光是上個月就有這麼多東西不見，我想應該不會是混在哪裡一時沒找到才對，我們只能覺得可能是有什麼人刻意拿走。從今天起，除了各樓層的領班之外，所有房務員也要隨時帶著備品確認清單，進了客房後一定要清點記錄，沒問題吧？」

經理走了之後，一票房務員馬上開始發牢騷。

「瞧他講話那德性，該不會是懷疑我們手腳不乾淨吧？」

「跩什麼跩啊，幹麼要重複清點？他要點不會自己來點哪，嗄——」

「真是的！茶杯、酒杯那種東西，偷一、二十個是要幹麼？拿回家用啊？」

「誰要用那種東西啊？」

「所長就硬不起來啦！所以那個經理才會愈來愈傲慢！」

「可是所長的年紀比他大吧？所長有時候應該要講個幾句話衝回去呀！」

「那個所長沒辦法啦，腦袋裡裝漿糊！」

「噯……妳們發現了嗎？那兩個人今天都輪休吔……」

「昨天也是啊～」

「哇——真敢啊！」

「妳們知道，所長的這個，時薪是多少嗎？」

「多少？」

「一千日圓哪、一千日圓！」

「一千？那不就比領班還高了！」

「是真的嗎？」

一直在一旁默默聽著的塚田主任這時候跳出來問，「所長的那個，時薪真的是一千日圓嗎？」

真真假假無從得知，不過紫色裙子的女人拿的時薪是一千日圓的這個傳聞，沒兩三下就傳開了，結果在她本人也不知曉的情況下又幫她樹立了更多敵人。早從大家開始謠傳他們兩個有一腿的那時候起，一眾房務員已經不再親暱地喊紫色裙子的女人為「日野美女～」，而這下子，連領班們都開始對紫色裙子的女人視而不見。

不過這工作的好處就在於，就算別人對你視而不見，也不會對你造成任何不便。

尤其紫色裙子的女人早已結束實習，就算一整天下來都不跟任何人講話也沒問題，照樣可以完成自己被交代的工作，完全沒必要跟任何人溝通。紫色裙子的女人走路時總是泰然自若，一臉自在平常。

就算跟其他房務員在走廊上打了照面她也不變臉色，管他來者是不是前輩都一樣。有一次我正要搭電梯時，差一點就被從電梯裡面衝出來的紫色裙子的女人給撞到，嚇死我了。其實，她手上拿著的那個垃圾袋就迎面撞向了我的身體，把我一個踉蹌撞倒在地。可是紫色裙子的女人連看都沒看我一眼，什麼話也沒說就走了。

我假裝自己在撿拾散落在地上的垃圾，稍微鎮定了下來後才走進電梯。結果一進了電梯，裡頭整個都是一股甜膩味。紫色裙子女人身上的香水。用塚田主任的話來說，就是一股「香蕉爛掉一樣的味道」。「所長的女人剛才待在哪裡猜都不用猜，味道臭死了！」

不曉得是不是所長的喜好？紫色裙子的女人除了香水外，偶爾還會塗指甲油來上班。當然那是不被允許的，有一次濱本主任看不下去說了她幾句，沒想到紫色裙子的女人當場二話不說掉頭就走，真的已經不知道到底是誰無視誰了。

對了，所長去紫色裙子女人的房間過夜並不僅有那一天，那之後又去過了好幾次。有時是約會完後直接留在她的房間過夜，有時是下了班以後開車過來。照我手邊的紀錄，上上星期的禮拜一過了夜。禮拜二沒過夜。禮拜三沒過夜。禮拜四過了夜。禮拜五、六、日沒過夜。這星期起，禮拜一過了夜。禮拜二沒過夜。禮拜三沒過夜。禮拜四，以為會過夜結果只待了兩小時就走了。

禮拜一跟禮拜四，也許是所長跟紫色裙子的女人約好幽會的時間，不管有沒有過夜都會去她房間。

所長去過完夜的隔天，紫色裙子的女人身上的香水味就更濃。她一推開餐廳門進來，所有房務員全都皺起了眉頭，捏著鼻子像說好了一樣全都起身離開。紫色裙子的女人則一副我才不在乎呢的臉色，在空出來的六人桌上一個人坐下，喝起免費的麥茶。

上班時是這樣，下了班後又是什麼情況呢？其實她的私生活也有了改變。她跟所長要好起來後，忽然就不再去公園了。那些到了公園以後滿臉失望地說「麻由今天也沒來吔——」的小孩，過了兩個禮拜，也不再提起「麻由」這個人了。

他們熱衷的遊戲不曉得什麼時候起也改成了騎單輪車。單輪車不是每個人都有，總共只有兩輛，不過小鬼頭們自己會想花招。他們有時候輪著騎，有時分成兩隊競賽，有時比得太激烈還會衝出公園，但不管是被按喇叭或是被路人賞臉色，小鬼頭們依然踩得興高采烈。

他們的單輪車路線是從公園到小學，再從小學回來公園，在這路上，超商前面的公共電話前總是站了一個渾身飄散出強烈香水味的女人，而他們渾然沒察覺那個女人就是他們的「痲由」。

現在，「痲由」的指甲塗得紅紅的，留得尖尖的。「痲由」用那尖銳的指甲按下了公共電話的撥號鍵。撥了又掛斷、撥了又掛斷，就這麼不斷重複又重複。撥了，掛斷。撥了，掛斷。撥了，等一會兒，掛斷。掛斷後她會啐一聲，休假的時候一整天都在做這個，不管清晨、深夜，任何時刻都一樣。她不停、不停地完全毫不厭倦地一直撥號、掛斷。拜她所賜，連我都記得了所長家的電話號碼。

現在紫色裙子的女人正深陷煩惱深淵。

她一整天都獨自懷抱著憂愁。煩惱的事，跟誰也不能提。紫色裙子的女人連一個能商討的對象都沒有，紫色裙子的女人，還沒有朋友。

所長的事，她好像無論如何也想隱瞞下去。公司裡有人半開玩笑地問了她這件事時，她氣呼呼地否認了。

「我才沒有跟他交往！妳在講什麼——」

「哇哈哈！妳學得好像噢，那副嘴臉！」

「她以為這樣就瞞得過去啊？」

「真噁心！」

「那個女人哪，整理房間時不是都從裡面上鎖嗎？那樣真的很噁心吔，誰曉得她在裡頭幹麼啊——」

「搞不好所長就躲在裡面喔～哈哈哈～」

「噓──」

一看見紫色裙子的女人往電梯這邊過來，大家馬上噤聲，但她一出了電梯，大家又馬上開始八卦起來。

「臭死了──那個爛香蕉味！」

「妳們看見了沒？她那指甲！好像血啊～～」

「噯，妳們聽說了嗎？聽說經理直接訓她一頓吔，說她下次再違反工作守則的話就要把她開除！」

「快點開除算了，噯，妳們知道那女人時薪多少嗎？」

「多少？」

「說是一千五百日圓喔──一千五百日圓！」

謠言愈傳愈多、愈來愈膨脹。圍繞著紫色裙子女人的謠言愈多，房務員們的向心力就集結得愈強。

大家甚至還開始討論起絕不能讓「所長的女人」再這樣囂張下去，要是公司不把她開除，大家就直接殺去總公司談判，但就在這時，忽然出了一件事。

有人通報說某某小學拍賣市集上的商品，該不會是我們飯店裡面的備品吧？

通報者沒有具名，而馬上趕去了拍賣現場的飯店人員則確認了拍賣品的確就是我們飯店不見的備品，共有十條浴巾、十條小毛巾、五張浴墊……剛好就跟飯店上個月不見的備品數量一致。

賣東西的是那間小學的學生。

「有人叫我們在這裡幫忙賣而已呀。」聽說小孩們眾口同聲地說有個女人說會給他們零用錢……

「我不是懷疑各位。」

禮拜一。這個月的第二次晨會時，飯店經理態度異常沉著地這麼開了頭。

「出入客房的人不只有妳們房務員，當然還有客人，另外還有行李員、客房服務員、飯店工程師，甚至還可能有完全無關的外部人員出入。我今天來，站在這裡就是為了要跟各位說說跟上次完全一樣的事。拜託各位，請一定要清點確認備品的數量。而且如果發現備品有缺，請馬上跟主管報告。清點有缺卻不報告的人、發現有缺卻在清點單上打勾的人，也就是刻意隱瞞短缺的人，到底為什麼要這麼做呢？

請老老實實告訴我，拜託。如果現在出來面對，我們不會追究責任，但要是一直不願正面面對，我們只好跟警方通報竊盜，請警方幫忙搜查了。我再說一次，現在出來的話，我們不會追究。這一點，總經理也是一樣的態度。我報告完了。妳們晚點如果有任何疑問想問我，請撥打我的內部手機，我二十四小時接聽，並且嚴守祕密。」

說什麼不是懷疑我們，根本就在懷疑嘛！要是平常，那些領班老早就這麼發難了，但是今天每個人都噤聲不語。看來領班們也跟經理一樣，懷疑我們這群人中有鬼。不只領班，房務員們也全對某個人起了疑心，理由很簡單，出問題的那間小學就在那號人物住的公寓附近。

「我覺得一定是日野吔。」

「一定一定。」

「那個人的公寓不就在那附近嗎？除了她，沒有別人了。」

「不曉得所長知不知道這件事……」

「搞不好就是所長在背後指使。」

「為什麼要這樣？」

「一定是因為缺錢哪——」

「拍賣市集上賺的錢頂多只能塞牙縫啊。」

「所以是缺很大嘍？」

「該不會是要跟他太太離婚，需要錢吧？」

「咦，要離婚了嗎？」

「都有了新歡了——」

「不會不會，絕不可能離婚。他之前還說他們家為了慶祝結婚十週年，全家人去了一趟石垣島呢。也沒人問他，就自動講了。」

「唉唷！所以那女人要被拋棄啦？」

「搞不好是故意要讓所長為難才那樣做？」

「有可能喔——有道理。」

「噓——她來了！」

半聲不響地靜靜出現在電梯大廳的紫色裙子的女人臉色一點也沒變，照舊是平常那副模樣。

不曉得是不是這樣惹得塚田主任看得不順眼，塚田主任忽然輕輕啐了一句「小偷……」

「什麼？」

紫色裙子的女人一撇臉，轉向話聲傳來的方向，好久沒看過她出現什麼反應了。

「我什麼也不知道啊。」

「是啊，什～麼也不知道啊。」

塚田主任回道，「就發生在妳家附近的小學喔。」

「所以咧？」

紫色裙子的女人怒視著塚田主任。

「……妳每次整理房間時，不都會把門從裡頭鎖上嗎？」

出聲的是濱本主任。

「妳每次把自己鎖在裡頭，到底在裡面幹麼啊？」

「幹麼……我也沒幹麼啊……」

「所以我問妳，到底是在裡面幹麼呀？」

塚田主任幫腔。

「在裡面……喝咖啡。」

紫色裙子的女人囁嚅地說。

「喝飯店備品的？」

「嗯。」

「就這樣？」

「……有時還會吃零食。」

「那是付費的零食吧？」

「……嗯。」

「妳們大家聽到了嗎？她說她吃要付費的零食吔——」

爛人。爛死了。在場所有人全都低聲惡罵。

「喂，妳們幹麼這樣說啊？妳們自己還不是也這樣？又不是只有我，塚田主任還不是一樣——」

「我怎樣啦？」

「一開始就是妳教我的，妳說要喝咖啡的時候，要從裡面上鎖。妳還說如果看了付費頻道，櫃檯的人會發現，但如果是吃付費零食，我們這邊總有辦法矇混過去，所以有時候吃吃沒關係。妳說，妳這樣說過吧？我只是照妳教我的去做而已！」

塚田主任嘆了口氣。

「唉唷我的媽呀，妳把事情都怪到別人頭上啊？」

「妳不是還說過嗎？妳說有領班甚至還會在上班時間一邊工作一邊喝香檳呢，就是妳啦——橘主任！妳包包露出來的那個水壺，裡面裝了香檳吧——」

「妳當真哪？」

濱本主任眼睛都瞪得老大，「妳真的好好笑噢，那當然是開玩笑的話呀——」

大家全部噗嗤出聲，橘主任本人更是笑得前仰後合，「我再怎麼愛喝，也不可能那樣做啊～」

這時候紫色裙子的女人忽然一伸手，往橘主任手上的提包一抓，把包包給搶了過去。

「啊——妳幹什麼！」

紫色裙子的女人把水藍色水壺從裡頭拿出來，打開水壺蓋聞了起來。

「妳還給人家啦！」

一個資深的房務員從紫色裙子女人的手上搶回了水壺跟包包，把它們還給橘主任。

「妳真是很沒禮貌吔，突然搶人家包包做什麼！」

「裡面是麥茶啦！真的很遺憾噢，不是香檳吔～」

橘主任一邊關好水壺蓋，一邊很受不了似地哼了一聲。

「要是那麼懷疑，不然妳把我們全部人的水壺都檢查一次好了。」

塚田主任嗆，「我的先給妳聞。」

她從手提包裡拿出了自己的水壺，遞到紫色裙子女人的鼻子前。

「我的也給妳聞——」、「還有我的」、「我的也給妳聞」、「下一個是我的」。

大家一個接一個，把自己的水壺從包包裡拿出來，打開了水壺蓋，遞到紫色裙子女人面前。

紫色裙子的女人臉龐周圍被一堆水壺給團團圍住，進退失據，她一句話也不吭地瞪視一個個圍在她眼前的水壺。

可是仔細一瞧，她的鼻頭一張一合地抖動，似乎正在仔細嗅聞水壺裡頭有沒有裝了酒，那副模樣又引得眾人發噱。

「這女人腦筋還正常吧？」

現在才剛過早上九點，接下來才要開始工作。團團圍在紫色裙子女人臉旁的那些水壺裡，沒有任何一個飄散出酒精味。

最後紫色裙子的女人正要把臉湊近某個拿得稍微遠一點的水壺時，眾人的笑聲忽然更蕩漾開了。

「妳白痴呀妳！這個人不會喝酒啊！」

這句話惹得臉一直朝著下方看的紫色裙子的女人猛然抬起了臉。

「妳看，她長得就一副不會喝酒的樣子啊！」

先別過了眼神的人，是紫色裙子的女人，她把目光移回還沒打開蓋子的水壺上，但沒有再繼續靠近。

「這下子妳明白了吧？」

塚田主任說：「我們這裡頭，沒有半個人做過虧心事，除了妳以外！」

「要找別人麻煩之前，麻煩先認了妳自己做過什麼吧！」

「就是啊，經理也說現在去面對，不會追究妳責任。」

「還是說，妳想要我們去檢舉妳呀？」

「幹麼呀，眼神這麼可怕～」

「有什麼話想說啊？」

紫色裙子的女人火大地一直怒瞪著大家，忽然，她轉了個身，拔腿就往員工出入口的方向跑。

「喂——妳要去哪兒？妳等一下啊！」

「接下來還要工作啊！」

紫色裙子的女人從此沒再回來過。

那天傍晚，工作結束後，我去了一趟紫色裙子女人的破公寓。

我估計她一定待在家裡，沒想到門內濛暗一片。我在她門前靜聽，沒聽見裡頭傳來任何聲響。

於是我躲在圍牆後觀察了一會兒。就這麼過了三十分鐘，正打算起身去公園探探的時候，發覺有一輛車正開過無人的道路，往這邊開來。

車子在公寓前停了下來，是輛我看慣了的黑色轎車。今天是禮拜一。我在筆記本上打了勾。

駕駛座門打開，所長出現了。他那帶著渾圓線條的身形緩緩往公寓戶外梯走了上去。

所長在公寓二樓盡頭的那間房間前停下了腳步，開始輕輕敲門。就這樣反反覆覆敲了十來分鐘後，原本全暗的玻璃窗後忽然亮起來，門打了開來，紫色裙子的女人從門後縫隙探出了半邊臉。原來她在家啊？

兩人就那樣在那邊交談了一兩句，所長打算走進去，但紫色裙子的女人口氣很差地制止他──「你不要隨便進來！」

接著她開始講起石垣島怎樣怎樣，是在講所長結婚十週年紀念的石垣島旅行那樁事。看來今天早上大家八卦被她聽見之後，她才知道原來所長跑去旅行。

「跟那件事情沒關係吧！」

所長吼。

「怎麼會沒關係！」

紫色裙子的女人也開始咆哮。

「我不是來這邊跟妳講那件事的！」

所長又吼。

「那你是來幹麼！」

紫色裙子的女人也吼。

「是東西被偷那件事啦……」

所長忽然壓低了音量。

「難道連你也懷疑我？」

「妳……因為……」

所長往紫色裙子女人的屋內覷了一眼。

「妳房內不是放著嘛，那些茶杯啊玻璃杯的……」

「那是我自己要用的！」紫色裙子的女人反駁，「我才不會拿去賣咧！」

「可是妳看，發現轉賣失物的那間小學，不就在妳公寓旁嘛。」

「我就說了我不會做那種事啊！」

「噓──妳小聲一點好嗎？冷靜一下嘛。」

「你就沒想過會不會是別人拿去賣的？為什麼你覺得就是我？你已經對我膩了吧？所以你才會跟你老婆跑去石垣島旅行！」

「我就說這件事跟石垣島那件事沒關係嘛！」

啪──清脆一聲。所長打了紫色裙子女人一巴掌。

「好痛──」

紫色裙子的女人扯開嗓門喊「好痛──好痛！」

「對、對不起！我不是故意的！對不起好不好啦？妳冷靜一點嘛，冷靜聽我說一下嘛……現在……連我也被懷疑了，他們發現我跟妳的關係，在背後議論紛紛，說會不會是我們兩個人聯手幹的。真是太好笑了！怎麼可能嘛，我幹麼要去弄什麼拍賣……哎，真是受不了，簡直是踩到屎。」

「踩到屎……」

「妳想看看，我幹麼要跑來這裡，妳懂吧？嗄，妳不懂？好啊，那我就直說了，我是來拜託妳去幫我澄清的。」

「澄清？」

「對，說這整件事情跟我沒關係，全是妳一個人幹的。拜託妳就去跟經理這樣說。」

「嗄?!」

紫色裙子的女人這下子聲音拉得更高了，「我為什麼要那麼說？我又沒幹什麼！」

「妳說謊，說謊！」

「我才沒有說謊！」

「謊話！妳不要再撒謊了！妳平常不是就把飯店的點心跟水果分給附近那些小學生嗎？那些都是飯店的備品吔！啊不對，是客人的。妳把客人的東西偷去給小學生，妳知道嗎？在拍賣市集上轉賣那些玻璃杯呀毛巾呀的人剛好就是小學生。那些小學生說，有個女人叫他們這麼做，當然哪，妳一定知道。」

「我才不知道！我不知道啦！」

「妳利用員工的身分轉賣那些財物。」

「你亂講！你亂講！什麼員工身分？你幹麼突然裝出一副主管的跩

樣？你什麼東西呀！我很清楚的，你呀，每天都跑到暫停開放訂房的房間睡午覺吧！從裡頭上鎖，醒來以後還喝房內的咖啡，喝完就那樣把髒咖啡杯放著不是嗎？」

「妳講這幹麼啦？大家不是都這樣——」

「還有、還有，那是什麼時候的事……那個女明星五十嵐玲奈來住的時候，你偷了她的內衣吧！」

「……」

「果然被我料到了！我就看你彎低了身子不曉得躲在五十嵐玲奈房門外做什麼，然後你打開掛在門把上的待洗衣物包，不曉得在翻找什麼喔？然後你從裡頭拿出了一條輕薄薄的紅色物品，塞進了你的褲子口袋！你這變態！那是內褲吧！噁～～真不敢相信！你爛死了！死變態！你這死變態！」

「妳……妳閉嘴！」

「變態！你死變態！你變態！」

「妳閉嘴！我叫妳閉嘴！」

「啊——好痛啊！你放手！既然這樣我就全部都抖出來！讓你老婆知道、讓總公司的人也知道、讓飯店經理也知道！」

「妳敢！」

所長緊緊攫住了紫色裙子女人的肩膀。

「妳這麼做的話事情會鬧到不可收拾的！妳敢！妳敢！」

所長劇烈地前前後後搖晃紫色裙子的女人，晃得她脖子都發出了喀嗒喀嗒的聲音，可是紫色裙子的女人也沒示弱，她抓準機會，揮掉了所長抓住她的手，接著身子一低，往所長的肚子猛揍。

嗚哇——所長發出哀號，身體踉蹌之際，紫色裙子的女人又一腳開踢，踹向了他的胯下，接著甚至開始賞起他巴掌。所長雙手抓住走廊上的扶手，試圖穩住身子，可惜經年鏽蝕的老舊扶手根本支撐不了他的體重，嘰嘰咿咿地就從底部斷了，所長整個人倒栽蔥掉到了樓下地上。

他躺在黃褐色土上，身體一動也不動，不曉得是不是撞到了什麼緊要之處。

紫色裙子女人渾身發抖，爬下了樓梯。

「小……小智……」

她跪倒在橫躺在地的身體旁邊，伸出了手。

「小智……小智……」

她一邊喊著所長的名字，一邊搖晃他的肩背。

「小智……小智……小智，喂，小智，你振作一點，哪，小智！小智！小智！小智！小智——」

「噓，妳小聲一點！」

我出聲了。

紫色裙子的女人往我看來，那張臉已然嚇得渾無血色，滿是鼻水與涙水。

「讓我看一下。」

我說，在所長跟紫色裙子的女人之間蹲了下來。

我先抬起他的右手腕，再抬起他的左手腕，接著併攏兩指靠在他下顎下方，又靠近他唇邊靜聽。紫色裙子的女人只是默默在一旁看著，我靜默了半晌，抬起臉來。

「很遺憾，他已經死了。」

紫色裙子女人嘀咕了一聲，那聲音輕得幾乎聽不見。她好像是說

——騙人……

「騙人……騙人……」

「他很可能撞到了什麼地方，心臟已經完全停止。」

「怎麼可能……怎麼可能，我不相信！怎麼可能，妳是在開玩笑吧？騙人、騙人、騙人！」

我搖搖頭，「真的很遺憾。」

「怎麼可能，我不相信！小智！拜託你醒一醒！小智！」

紫色裙子的女人又開始激動搖晃所長的身體，我抓住她的手腕，說

「妳這樣所長也不會復活啊！」

「妳鎮定一點，看清楚現實。所長已經死了，妳現在必須做的不是讓所長死而復生，妳現在要做的是馬上逃離這裡！」

「逃……？」

「對，」我點點頭，「沒時間讓妳拖拖拉拉了，警察就要來了。」

「警察……？」

「剛才鄰居聽到妳叫喊，已經叫了警察，妳再不趕快逃就來不及了。快趁警察還沒來之前！」

「這……」

「快——」

「可是……」

「沒有什麼可是不可是！妳聽好，現在妳馬上就衝去公車站，搭八點零二分開往小森車庫的那班車。只剩下四分鐘了，但以前是田徑隊的妳全力衝刺的話一定來得及。那班車預計八點三十四分抵達站前，妳在那裡轉搭電車。

妳一看見開往山阪的特快車就跳上去。山口的山，大阪的阪，山阪。我在西出口的置物櫃裡放了一個黑色的手提包，妳把那個帶去，不要忘了。提包裡面有一個小零錢包，還有毛巾跟兩三天份的換洗衣物。我在零錢包的夾層裡放了一張摺起來的五千日圓鈔票，妳就用那個錢買車票，好不好？我在置物櫃裡還放了波士頓包、大背包跟一些超商塑膠袋等等，妳全部不用管，我晚點會去收拾。」

「那個……」

「我也想跟妳搭同一班電車過去，但我的腳程應該來不及，就算我跑再快，也來不及搭上八點零二分的公車。可是妳不用擔心，我會搭二十二分的那一班。電車應該會晚妳一班或兩班。妳別怕，我馬上就會過去。這種時候，兩個人一起行動還不如分頭來得好，比較不明顯。

啊！對了，妳要是肚子餓了，就用零錢包裡的錢買車站便當吃好嗎？還有，對了對了，我都忘了要告訴妳在哪站下車了。那班車是特快，全部只停三站，妳就在第三站的三德寺站下車。三跟三，很好記吧。

妳一出了車站，應該會看見外頭有一家叫做高木旅社的商務旅館，說是商務旅館，其實只是簡陋的旅社，衛浴共用，但妳今晚就先睡那邊好嗎？妳辦好住房之後，先睡也沒關係，哎呀真糟糕，我都忘了要給妳這個了。喏——這是置物櫃鑰匙。妳用完之後要記得鎖好啊。藏鑰匙的地點……對了，就在公共電話的地方怎麼樣？置物櫃旁就有一台綠色的公共電話，妳把鑰匙夾在下面的電話簿裡面吧。」

「呃……不是……」

「妳沒去過那地方，可能會緊張，不過妳今晚就先好好睡一覺，好好休息。明天早上起，我們兩個就要開始找工作啦。兩個人一起把所有可能供住的工作機會都找一遍，不用那種表情，沒問題的，就算沒有立刻找到工作，我們兩個生活上必要的東西，我那波士頓包裡也都準備好了。吃的、穿的，連錢都有，不過也不是那麼多啦……但兩個人總能撐一陣子。」

「不是，我是說……為什麼……」

「嗄？」

「為什麼權藤主任妳要幫我到這個地步？」

紫色裙子的女人不曉得什麼時候已經止住了淚水，睜著兩顆骨碌碌的小眼睛筆直望著我。

我靜靜搖了搖頭，說我不是權藤主任。

「我是，黃色開襟衫的女人。」

妳是黃色開襟衫的女人？

紫色裙子的女人好像這麼說。

實際上她什麼也沒說，只是一直瞅著我的眼睛看。

我輕輕伸出手，掐了掐就在眼前的紫色裙子女人的鼻子。

「好啦……妳趕快去吧。不用擔心，我馬上就會趕去。」

「可是……」

「不要再拖拖拉拉了，再三分鐘公車就要來了！」

我指指手上的手錶，紫色裙子的女人往手錶瞄了一眼，終於站起了身。她不知道是不是還擔心躺在腳邊的所長，一直看著下方。我說「還剩兩分鐘！」她猛然抬起頭，往公車站的方向拔腿狂奔，但不曉得為什麼，又馬上折了回來。

「妳在幹麼？快一點哪！」

「錢……」

「錢？」

「我去拿錢，沒錢不能搭公車。」

「妳拿這個去就好了！」

「這是？」

「妳看就知道啦，這是月票！快點！只剩下一分鐘！」

紫色裙子的女人拔腿狂奔。

不旋踵，馬上聽見了警報聲，我也立刻離開現場。

之後才真的是雞飛狗跳、人仰馬翻。

因為把月票給了紫色裙子的女人，我只好先回自己公寓找看看有沒有什麼值錢的東西。

我氣喘吁吁回到了公寓，發現門口掛了一個大掛鎖。沒辦法，只好把旁邊的植栽盆拿來破窗而入。

所幸房裡的狀態跟我出門前沒什麼兩樣。窗邊擺著棉被跟電視，空蕩蕩的房間中央散落著幾個塑膠袋。電好像被停了。我拉了拉電燈拉繩，只洩氣地響起了一兩聲咯吱咯吱的聲音。

法院在上個禮拜四寄來了清空搬遷催告函，隔天，我先去車站前面的網咖避難，那時候除了貴重物品外，我還把生活所需可能用到的諸如衣物、洗臉用品、食品跟鍋子都先搬去了站前的置物櫃裡放。置物櫃一次只能用三天，所以今天早上我才剛把裡頭的東西搬出來，先改放到其他的置物櫃。

家當多是多，但總不可能全部都帶出來，只能先放棄那些無法塞進置物櫃的，生活上派不上用場的也全都留在家裡。

這些被留在家裡的什物裡，應該有什麼是可以變賣的吧，有什麼呢……應該有什麼吧？我就這麼伸手在漆黑的房間裡東摸西找，找了幾小時後，終於被我在靠近天花板的層櫃裡發現了一個上頭寫了「回憶」的仙貝餅乾空罐，那時，最後一班公車的時間已經過了。

早知道還不如乾脆走路去車站，我心想。打開餅乾罐確認了一下裡頭，有一個椰子樹造型的鑰匙圈、動畫電影明信片跟一枚從前萬國博覽會的紀念幣。

隔天一早，我手中捏著那枚紀念幣，搭上了最早一班公車。

付錢時，我把硬幣放入投幣箱裡好幾次，都被退了回來，慌得我拿起硬幣投了又被退、投了又被退。司機在一旁目光帶著猜疑骨碌碌地看著我，悶不吭聲伸出了一隻手，一副「把那枚硬幣給我看看」的態度。

司機對著那枚刻了「TSUKUBA EXPO '85」的五百日圓硬幣看了又看，咕噥了一句「真罕見……」接著翻出一個看來好像私人用品的包包，從他自己的錢包裡頭拿出了五個百圓硬幣，跟我換了那枚紀念幣。我真是鬆了好大一口氣噢。我還以為他一定會罵我「這種東西不能用啦！」我付了兩百日圓的車票錢，還剩下三百日圓。

一到了車站，馬上往公共電話亭的方向走。電話台的架子上疊著三本電話簿。我正要伸手從最上面那本開始翻找時，忽然察覺沒有這個必要，因為不經意看了右邊一眼時，看見我放了東西的那個置物櫃門上就插著一把鑰匙。

我打開置物櫃的門，裡頭空蕩蕩的，看來紫色裙子的女人順利拿走了行李。

可是很麻煩，她居然除了我說的那個黑色手提包外，連請她留著別管的那個波士頓包跟大背包也全部帶走了。

難道是我講得太快，沒有讓她聽清楚嗎？看來她是帶著一大堆家當跑去搭特快了。

我站在售票機旁，一看見長得良善的女人就跟她們開口，「可不可以給我一百圓？」我跟三個人要，三個人全都乖乖地把一個百圓硬幣放在我手上。

但我挑到第四個人的時候看走了眼。一個看起來好像人很好的女人威脅我說「我要叫站務員來！」嚇得我倉皇而逃。我本來想要到四千兩百圓的特快車資，但沒辦法，只好就手邊現有的想法子了。我去售票機買了第一段票，搭上了早晨七點二十分發車的慢車。

從那裡到達目的地的三德寺站，總共花了我六個小時，都怪半路上不巧有人急病，又碰上了信號機故障。中途總共換了五次車，好險都沒有碰到車掌查票。下午一點二十五分，終於抵達了三德寺站，是個無人車站。我將車票丟進票閘口的一個木箱子，前往約定地點「高木旅社」。

高木旅社的櫃檯人員應該是跑去睡午覺了。

我按了五十幾次鈴，一個人才打著呵欠從屏風後頭出來。我問，但那個人只說「沒有那樣的人來喔」。

「怎麼可能——」

我說，「昨天晚上，她應該在十一點前就來住房了。」

如果昨天晚上紫色裙子的女人來得及搭上八點零二分的公車，也順利轉乘了特快，她應該在十點五十分就抵達了三德寺站。既然昨天旅社沒客滿，她應該順利住進了這家旅社沒錯。

那個櫃檯人員，一臉很不耐地翻著表紙上用手寫著「旅客登記簿」的本子。

「昨天晚上來住房的男性客人有一、二、三……五個。只有這樣喔，沒有半個女性客人。」

「沒來嗎？」

「沒來。」

「真的？」

「真的。」

「那她現在到底在哪裡？」

「抱歉我不知道。」

我整個人愣呆了。她該不會是下錯車站了吧？還是說，她相信我說我會馬上趕上，傻傻地留在月台等我，結果等了半天也沒看見我，一氣之下就躲起來避不見面了？

我找遍了車站周圍，還跑到市中心去邊走邊找，好險沒衝進警察局，但我也到處問了商家跟路人。

「請問你有沒有看見一個女人，大概三十歲左右，留長髮的女人。」

服裝特徵呢？對方這麼問，我差點脫口而出「紫色裙子」。

可是昨晚紫色裙子的女人到底穿了什麼顏色的衣服呢，我竟然無論如何都想不起來了。

紫色裙子的女人到底跑去了哪裡？

直到現在，我還沒找到她。

前幾天又來了一個新人。這次的新人似乎有相關工作經驗所以學得很快，只是「聲音好小喔」——老鳥房務員們沒兩天就開始背地發起了牢騷。要是照向來的模式，應該會一天到晚被找麻煩，不到一個月就辭職了吧。真希望有誰來帶她練一下發音，只可惜身為前話劇社團員的所長不巧正在住院。

之前大家一起去醫院探望他。考慮到一群人全都擠到醫院去的話反而會造成困擾，大家決議畫鬼腳圖抽籤，由抽中的人去。我跟其他三個人抽中，但不曉得為什麼，塚田主任她們也一起來了。

所長住院的醫院就在離公司走路十分鐘左右的地方，是家專門復健的醫院。

打開病房，裡頭排著的四張病床裡有兩張是空的，另外一張躺了一個瘦弱的老頭子，正仰躺看著天花板上的小電視。

我們稍微等候了一會兒後，所長就跟他太太回到病房裡。

「所長！你已經可以走啦——」

塚田主任衝過去，一副要抱緊他的樣子。

「危、危險！」

所長身子一顛，他太太趕快撐住他。

「太好啦～我們好擔心你啊～」

塚田主任握起所長的手，興奮地上上下下擺晃。

「哎呀！痛——今天是怎麼了，怎麼都來啦？」

「什麼怎麼了？當然是來探病的呀！」

塚田主任抬起下巴驕傲地說。

「真是不好意思，讓妳們這樣特地跑一趟。」

所長太太低頭致意。

「妳們可以先打個電話來嘛。」所長說。

「打啦～可是又沒人接。」塚田主任回，接著轉向所長太太。

「還好他看起來比我們想的還有精神，真是鬆了好大一口氣。」

「是啊，託妳們的福。」所長太太臉上泛起了微笑。

之前傳聞她把所長踩在腳下，難道是假的？眼前這不施脂粉，感覺低調的所長夫人，從回病房以後就一直輕輕扶著所長的身子。

「臉色看起來也很好，搞不好明天就能出院了。」

濱本主任說道。

「妳別為難我了。」

所長把拐杖交給他太太，苦笑著一屁股沉沉坐在病床上。
「所以什麼時候可以出院哪？」橘主任問。
「下下禮拜三。」所長回。
「這不是太好了嘛！」
「哎，可是還要拿好一陣子的拐杖，也得回診，還不曉得什麼時候才能像之前那樣工作呢……」
「你就先做事務方面的事情嘛，沒人會叫腳上還纏著繃帶的人去做苦力活啦。」
塚田主任說。
「是沒錯啦……」
「大家都說好想你吔。你不在的這陣子，那個經理每天都代替你來出席晨會，真是，讓人從一大早就心情鬱悶，感覺空氣好沉重哪，是不是呀，大家？」

塚田主任這麼徵求大家的附和，大家都笑著點頭。

「那個經理……有沒有說什麼？」

所長問。

「什麼什麼？」

「就那個啊……」

「噢，那個女人哪？」

所長點點頭。

「經理說要交給警察處理呀，就這樣。」

「噢……交給警察啊……」

所長皺起眉頭。

「一開始的晨會上就講啦，說今後一切都交給警方處理，叫我們大家一定要相信你會早日康復。」

「是嗎？」

「是啊，不過真是太好了，你這麼快就可以出院了。」

橘主任說道：「我聽到你從公寓二樓掉下來被送進了醫院，真的擔心你會不會就這麼一去不返呢。」

「橘主任，妳怎麼講這麼不吉利的話——」

濱本主任拍了一下她的手臂。

「哎呀！開玩笑的啦！開玩笑！」

「不過我那時候真的以為我死了吔。」所長接道，「我一睜開眼睛的時候就已經在病房裡了，旁邊全是白的，我心想這裡就是天堂嗎？」

「你真是福大命大！只有腦震盪跟骨折。」

「真是不好意思，讓大家擔心了。」

所長夫人又低下頭去。

「哪有什麼不好意思的啊！」塚田主任大力揮揮手，「所長可是受害者吔——」

「是啊，他不是一直被那個女人纏住騷擾嗎？」

「之前我們什麼都不知道，還以為他們兩個人怎麼會那麼要好，該不會是在交往吧？啊——不好意思！居然在所長太太的面前這麼說……」

「沒關係啦，」所長太太搖搖頭，「我先生好像也不敢對她講得太狠。」

「哪有辦法講什麼狠話？她威脅我要是不跟她約會，就要對妳跟女兒下手吔。」

「好過分！怎麼會有那麼惡劣的女人……」

塚田主任罵。

「沒碰上什麼事吧？」濱本主任小心翼翼問著所長夫人，「沒有碰上什麼危險的情況吧……」

「沒有沒有，只是每天都有不出聲的電話，現在想想，還好沒碰上什麼嚴重的意外，我個人是無所謂，但要是我女兒……」

「啊——真是的，現在撿回了一條命才能這麼講，我真心覺得還好被推下去的人是我，不是妳或亞里沙。」

「你在亂講什麼……」

「就是說呀，什麼被推下去的還好是你，哪有這麼荒唐的事。那個女人最不好啦，不但騷擾你們，還偷了東西。」

「沒有啦，我也反省了一下自己，我那時候不應該自己一個人單槍匹馬就跑去那公寓。」

「所長，你人太好了啦。你去勸她現在的話還來得及，對不對——」

「是啊，我說要是妳不敢的話，我現在就陪妳一起過去找經理，我們兩個人一起跟他道歉。」

「然後呢？」

「她忽然就瘋啦——」

「從公寓二樓？」

「真不是人……」

病房裡頓時靜了下來。隔壁老先生似乎看電視看得睡著了，傳來耳機外漏的微弱聲響還有呼——呼——的規律鼾聲。

打破沉默的是所長夫人。

「哎呀我真是的，居然忘了給妳們拿椅子！我現在就去護理站跟他們借椅子。」

「不用了不用了，我們馬上就回去了。」塚田主任說。

「這束花請收下。」濱本主任把剛來的路上買的一束嘉德麗雅蘭遞上。

「還有布丁。」橘主任也遞出了紙袋。

「不好意思，煩勞妳們這樣費心。不急的話再多留一會兒嘛，我現在就去泡茶噢。」

「不用了啦，真的，我們要走了。」

「我先生每天就只有我一個陪他講話，他也悶壞了。」

「就是啊，妳們再多留一會兒嘛。」所長也幫腔。

「那我也幫忙做點什麼，我去護理站借椅子好了。」

「我也去吧。」

「我也去。」

「那我去泡茶。」

「這花瓶可以用嗎？」

「謝謝妳們，真是不好意思。啊，茶水間在這裡——」

所長太太跟塚田主任她們全都趿響了拖鞋，往走廊走去。

病房裡又陷入了寂靜。拉門式的房門悄然地緩緩關上，所長呼——地嘆了一口長長的氣。

「所長……」

我說。

「嗚哇——妳什麼時候來的，權藤主任？」

「我從剛才就在這裡了。」

「是嘛……？失禮了，哎呀嚇死我了，妳請坐啊，請坐。」

所長示意我把靠在牆上的那把摺疊椅拿過來。我自己打開椅子，坐了下來。

「我就直說了，所長。」

「什、什麼事啊……怎麼突然這麼嚴肅？」

所長身子突然往後一縮。

「這件事請你不要傳出去，可以嗎？」

所長咕嚕吞了一口唾液，問道：「怎麼啦……？」

「我有事想請你幫忙。」

「所以我問妳是什麼事……」

我朝所長低下了頭。

「拜託你！」

「噯噯噯，什麼事啦？」

「請你幫我加薪！」

「嗄──」

所長說。

「求求你了！還有請你讓我預支薪水！求求你了！所長！」

「喂——妳怎麼會這麼突然哪？怎麼會在這種地方提這種事啊？嘎，真傷腦筋。」

「拜託你了！所長！」

「妳等一下啊！嘎，妳抬起頭來。不好意思，可是這種事情不是我一個人可以決定的，我還要跟公司討論才行。而且我幫妳加薪了，其他主任的時薪不是也要往上調嗎？」

「這種事情只要你想一下辦法就沒問題的！你一定可以吧，所長！」

「怎麼可能沒問題！事情不是這麼簡單的，妳要升，也要先讓公司審核，而且除非妳平常表現良好，我也不可能去請公司幫妳審核。就算幫妳申請審核了，妳覺得妳過得了嗎？嘎？妳遲到、早退、無故曠職，妳到現在還沒被開除真是奇蹟。妳知道嗎？其他房務員已經不知來跟我抱怨過多少次了，說妳上班時間忽然不見人影。嘎？加薪？不可能。辦不到。」

「那你借我錢！」

「什麼──」

「求求你，我現在真的身無分文了。」

「我為什麼要借妳錢哪！」

「因為你是我主管啊。」

「那跟我有什麼關係？」

「我現在連月票都沒有吔──」

「關我什麼事啊！」

「我每天都走路去上班，而且還是從網咖喔。」

「咦？那妳住的地方呢？」

「沒錢繳房租，被趕出來了。」

「什麼——」

「求求你了，所長！」

「喂喂喂！妳等一下，這跟那沒關係呀！我知道妳現在處境很困難，可是我也幫不了妳什麼。」

「拜託你幫忙啦，所長！」

「我說沒辦法就是沒辦法！真是輸給妳了。平常完全不講話，一講話居然就是要借錢？妳都不會覺得不好意思啊？噯，妳也是成年人了，怎麼會跟別人講話連一點基本禮貌都不懂呢？啊！對了，妳可以跟妳家人或親戚問看看，妳老家在哪兒？」

「所長——」

「所以我說——」

「我不會跟別人說你偷了五十嵐玲奈的內褲的。」

「……」

「我跟你保證。我絕絕對對不會跟任何人說。」

「……」

悶不吭聲了半晌之後，所長啞著嗓子說「我考慮看看……」

「謝謝你！你真的幫了我大忙了！」

那時去泡茶的兩個人所在的茶水間裡正在興高采烈聊著完全不同的話題。真的嗎？太恭喜了！塚田主任的亢奮聲傳得連病房這兒都聽得到。我心想到底什麼事？一問，才知道原來所長明年就是兩個孩子的父親了，此刻他太太的肚子裡頭正孕育著新生命。

今天，我從一大早就悠哉悠哉。

先曬了衣服、打掃了房間，一邊看電視一邊吃早餐，稍微躺了一會兒後，去了商店街。

到了商店街後，先去日用品店、酒舖跟麵包店繞了一圈。回程時，在順路經過的公園南側並排的三張長椅的最裡面那張坐下。

那是紫色裙子女人的專屬座位。

要是不常留神看著，就會有誰隨便坐上去。

所以我就來坐好坐滿。公園裡立了請大家讓座、共用長椅的告示板，可是目前為止還沒有任何人來跟我抱怨。如果有朝一日，忽然有人拍了拍我的肩，說「那裡是我的座位喔」；如果，要是如果，那兒站著的人正是這張長椅的真正主人，屆時我一定無比歡喜地把這張長椅給讓出來。

我把購物袋擱在一旁，從裡頭取出裝了奶油麵包的袋子。麵包還有點溫溫的。我先把它對半撕開，半邊放在我的膝上，另外半邊送進嘴裡。就在這時，居然有人啪——地拍了我的肩膀。

在這絕妙一刻拍了我肩膀的死小孩，啊哈哈地笑著便快速跑走了，愈跑愈遠。

國家圖書館出版品預行編目資料

紫色裙子的女人/今村夏子作 ; 蘇文淑譯. --
初版. -- 臺北市 : 三采文化股份有限公司,
2021.01
面 ; 公分. -- (iREAD ; 134)

ISBN 978-957-658-472-5(平裝)

861.57 109019762

iREAD 134

紫色裙子的女人

作者｜今村夏子 譯者｜蘇文淑
日文編輯｜李媁婷 美術主編｜藍秀婷 封面設計｜高郁雯
行銷經理｜張育珊 行銷企劃｜呂佳玲 版權經理｜劉契妙
內頁排版｜李岱玲 校對｜黃薇霓

發行人｜ 張輝明 總編輯｜ 曾雅青 發行所｜ 三采文化股份有限公司
地址｜ 台北市內湖區瑞光路 513 巷 33 號 8 樓
傳訊｜ TEL:8797-1234 FAX:8797-1688 網址｜ www.suncolor.com.tw
郵政劃撥｜ 帳號：14319060 戶名：三采文化股份有限公司
初版發行｜ 2021 年 1 月 29 日 定價｜ NT$380
3 刷｜ 2021 年 8 月 10 日

MURASAKI NO SKIRT NO ONNA

Original Japanese edition Published by Asahi Shimbun Publications Inc., Tokyo.
Chinese translation rights in complex characters arranged with
Asahi Shimbun Publications Inc., Tokyo., through Japan UNI Agency, Inc., Tokyo